ARTHUR CONAN DOYLE

ARTHUR CONAN DOYLE

O ÚLTIMO CASO DE SHERLOCK HOLMES

• Tradução •
Natalie Gerhardt
Michele Gerhardt MacCulloch
Gabriela Peres Gomes

Principis

Esta é uma publicação Principis, selo exclusivo da Ciranda Cultural
© 2021 Ciranda Cultural Editora e Distribuidora Ltda.

Traduzido do original em inglês
His last bow: an epilogue of Sherlock Holmes

Produção editorial e projeto gráfico
Ciranda Cultural

Texto
Arthur Conan Doyle

Diagramação
Linea Editora

Tradução
Natalie Gerhardt
Michele Gerhardt MacCulloch
Gabriela Peres Gomes

Imagens
FARBAI/shutterstock.com

Revisão
Benjamin Sérgio Gonçalves

Dados Internacionais de Catalogação na Publicação (CIP) de acordo com ISBD

D754u   Doyle, Arthur Conan

O último caso de Sherlock Holmes / Arthur Conan Doyle ; traduzido por Natalie Gerhardt, Michele Gerhardt MacCulloch, Gabriela Peres Gomes. - Jandira : Principis, 2021.
192 p. ; 15,5cm x 22,6cm. - (Sherlock Holmes)

Tradução de: His last bow: an epilogue of Sherlock Holmes
ISBN: 978-65-5552-457-4

1. Literatura inglesa. 2. Ficção. I. Gerhardt, Natalie. II. MacCulloch, Michele Gerhardt. III. Gomes, Gabriela Peres. IV. Título. V. Série.

2021-1641

CDD 823.91
CDU 821.111-3

Elaborado por Vagner Rodolfo da Silva - CRB-8/9410

Índice para catálogo sistemático:
1.! Literatura inglesa : Ficção 823.91
2.! Literatura inglesa : Ficção 821.111-3

1ª edição em 2021
www.cirandacultural.com.br
Todos os direitos reservados.
Nenhuma parte desta publicação pode ser reproduzida, arquivada em sistema de busca ou transmitida por qualquer meio, seja ele eletrônico, fotocópia, gravação ou outros, sem prévia autorização do detentor dos direitos, e não pode circular encadernada ou encapada de maneira distinta daquela em que foi publicada, ou sem que as mesmas condições sejam impostas aos compradores subsequentes.

Sumário

Prefácio 7

A aventura de Wisteria Lodge 9
A aventura dos planos do Bruce-Partington 43
A aventura do pé-de-diabo 79
A aventura do Círculo Vermelho 108
O desaparecimento de Lady Frances Carfax 130
A aventura do detetive moribundo 154
O último caso: o serviço de Sherlock Holmes no esforço de guerra 173

Prefácio

Os amigos do senhor Sherlock Holmes ficarão muito felizes ao saber que ele ainda está vivo e bem, embora incapacitado por ataques ocasionais de reumatismo. Ele mora há anos em uma pequena fazenda em Downs, a oito quilômetros de Eastbourne, onde divide o tempo entre filosofia e agricultura. Durante esse período de descanso, recusou os convites mais magníficos para assumir diversos casos, determinado que estava de que sua aposentadoria era permanente. A aproximação da guerra alemã, porém, fez com que colocasse sua notável combinação de atividade intelectual e prática à disposição do governo, com resultados históricos recontados em *O último caso de Sherlock Holmes*.

Incluí aqui algumas experiências anteriores, há muito tempo no meu portfólio, para ter um volume completo.

Dr. John H. Watson

Capítulo 1

• A AVENTURA DE WISTERIA LODGE •

TRADUÇÃO: NATALIE GERHARDT

A PECULIAR EXPERIÊNCIA DO SENHOR JOHN SCOTT ECCLES

Encontro registrado no meu caderno que era um dia frio e com muito vento, perto do fim de março do ano de 1892. Holmes recebera um telegrama enquanto estávamos almoçando e rabiscara uma resposta. Não fizera nenhum comentário, mas a questão permaneceu com ele, porque depois ficou em pé diante da lareira, com uma expressão pensativa, enquanto fumava seu cachimbo e lançava olhares ocasionais para a mensagem. De repente, virou-se para mim com um brilho malicioso no olhar.

– Suponho, Watson, que devemos enxergá-lo como um homem de letras – declarou ele. – Como você definiria a palavra "grotesco"?

– Estranho... notável – sugeri.

Ele meneou a cabeça diante da minha definição.

– Decerto que há algo melhor que isso – disse ele. – Algo subjacente à sugestão de trágico e terrível. Se você pensar em algumas daquelas narrativas que impôs ao público resignado, reconhecerá o quanto o grotesco se aprofundou no criminal. Pense naquele caso dos ruivos. Aquele foi um caso grotesco desde o início e acabou em uma tentativa desesperada de roubo. E o que dizer do caso grotesco das cinco sementes de laranja, que levou diretamente a uma conspiração de assassinato. A palavra me coloca em estado de alerta.

– E essa palavra está aí? – perguntei.

Ele leu o telegrama em voz alta:

Acabei de ter a experiência mais incrível e grotesca. Posso consultá-lo?

Scott Eccles,
Correios, Charing Cross

– Homem ou mulher? – perguntei.

– Ah, homem, é claro. Nenhuma mulher enviaria um telegrama com resposta paga. Ela teria vindo pessoalmente.

– E vai recebê-lo?

– Meu caro Watson, você sabe o quanto ando entediado desde que colocamos o coronel Carruthers atrás das grades. Minha mente é como um motor em andamento, desmontando aos poucos por não estar fazendo o trabalho que foi destinado a desempenhar. A vida é rotineira, os jornais, estéreis; a audácia e o romance parecem ter desaparecido para sempre do mundo do crime. Pode então me perguntar se estou pronto para analisar algum novo problema, mesmo que se prove trivial? Mas aqui está, salvo equívoco, o nosso cliente.

Ouvimos passos na escada e, um instante depois, uma pessoa forte, alta, de bigode grisalho e aparência respeitável adentrou a sala. A história de sua vida estava escrita nos traços pesados e nos modos pomposos. Das polainas aos óculos de armação dourada, era um conservador, um religioso, um bom cidadão, ortodoxo e convencional ao último grau.

Mas alguma experiência incrível perturbou sua compostura usual, deixando traços no cabelo despenteado, no rosto ruborizado e zangado e nos modos agitados e confusos. Foi direto ao assunto.

– Tive uma experiência deveras peculiar e desagradável, senhor Holmes – declarou ele. – Nunca, na minha vida, fui colocado em tal situação. É deveras imprópria e vergonhosa. E devo insistir em uma explicação.

Ele bufava de raiva.

– Queira se sentar, senhor Scott Eccles – disse Holmes com uma voz tranquila. – Permita-me perguntar primeiro por que o senhor me procurou?

– Bem, senhor, o meu caso não me parece ser policial; ainda assim, ao ouvir os fatos, o senhor há de admitir que eu não poderia deixar as coisas como estavam. Detetives particulares são uma classe pela qual não tenho a menor simpatia. No entanto, depois de ouvir seu nome...

– Realmente. A segunda pergunta é: por que não veio direto para cá?

Holmes olhou para o relógio.

– São duas e quinze da tarde. O seu telegrama foi enviado por volta da uma hora. Mas ninguém que olhe para sua toalete e suas roupas vai deixar de notar que sua aflição começou no instante em que acordou – disse ele.

Nosso cliente alisou o cabelo despenteado e passou a mão na barba por fazer.

– Sua suposição é correta, senhor Holmes. Eu nem pensei na minha toalete. Só fiquei feliz em sair daquela casa. Mas andei por aí, fazendo perguntas, antes de vir até aqui. Fui aos corretores de imóveis, sabe, e eles me disseram que o aluguel do senhor Garcia estava pago e que tudo estava certo em Wisteria Lodge.

– Calma, senhor, devagar – disse Holmes, rindo. – O senhor é como meu amigo, o doutor Watson, que tem o péssimo hábito de começar a contar suas histórias pelo final. Peço que organize seus pensamentos e me relate, na sequência correta, exatamente quais são os eventos a que se refere e que o tiraram de casa de forma tão abrupta, todo amarrotado e despenteado, com as botas e o colete mal abotoados, para buscar conselhos e ajuda.

Nosso cliente olhou para si mesmo com uma expressão deplorável diante da própria aparência nada digna.

– Tenho certeza de que minha aparência é lamentável, senhor Holmes, e lhe asseguro que nunca na minha vida me aconteceu isso. Mas eu lhe contarei toda a estranha história e, ao terminar, o senhor há de admitir, tenho certeza, de que há desculpas para minha aparência.

Mas sua narrativa foi interrompida. Ouviram uma agitação do lado de fora e a senhora Hudson abriu a porta para dois sujeitos robustos que pareciam policiais, um dos quais era o nosso velho conhecido inspetor Gregson, da Scotland Yard, um valente, enérgico e bom policial, dentro de suas limitações. Trocou um aperto de mãos com Holmes e apresentou seu colega, o inspetor Baynes, da delegacia de Surrey.

– Estamos caçando juntos, senhor Holmes, e nossa pista nos trouxe para cá. – Ele virou seus olhos de buldogue para o nosso cliente. – O senhor é John Scott Eccles, de Popham House, em Lee?

– Sou.

– Nós o seguimos a manhã inteira.

– Vocês o localizaram pelo telegrama, sem dúvida – disse Holmes.

– Exatamente, senhor Holmes. Pegamos a pista no correio de Charing Cross e viemos para cá.

– Mas por que me seguem? O que desejam?

– Desejamos um depoimento, senhor Scott Eccles, em relação aos eventos que levaram à morte, na noite passada, do senhor Aloysius Garcia, de Wisteria Lodge, perto de Esher.

Nosso cliente se empertigou, arregalando os olhos, e toda a cor desapareceu do rosto surpreso.

– Morte? Você disse que ele está morto?

– Sim, senhor. Ele está morto.

– Mas como? Foi algum tipo de acidente?

– Assassinato, sem a menor sombra de dúvida.

– Meu Deus! Isso é terrível! Mas vocês não acham... vocês não acham que eu seja suspeito?

– Uma carta sua foi encontrada no bolso da vítima e, pelo conteúdo, sabemos que planejava passar a noite lá.

– E foi o que fiz.

– Ah, o senhor passou a noite lá, não é?

O inspetor pegou o bloco oficial de anotações.

– Espere um pouco, Gregson – pediu Sherlock Holmes. – Tudo que deseja é um simples depoimento, não é?

– Sim. E tenho a obrigação de alertar o senhor Scott Eccles de que tudo que ele disser poderá ser usado contra ele.

– O senhor Eccles estava prestes a nos contar o que lhe aconteceu quando vocês chegaram. Acho, Watson, que um conhaque com soda não lhe causaria mal. Agora, senhor, sugiro que não dê atenção aos recém--chegados e prossiga com sua narrativa do mesmo modo que faria se não tivéssemos sido interrompidos.

Nosso visitante tomou um gole de conhaque e a cor voltou ao rosto pálido. Com um olhar desconfiado para o caderno do inspetor, lançou--se ao seu extraordinário depoimento.

– Sou solteiro – começou ele. – E, por causa da minha natureza sociável, cultivei um grande número de amigos. Entre esses está a família de um cervejeiro aposentado chamado Melville, que mora na Abermarle Mansion, em Kensington. Foi à mesa dele que conheci, algumas semanas atrás, um jovem chamado Garcia. Pelo que entendi na época, ele era descendente de espanhóis e tinha algum tipo de ligação com a embaixada. O inglês dele era perfeito e seus modos, agradáveis; um dos homens mais bonitos que já vi na minha vida.

"Esse jovem e eu logo fizemos amizade. Ele pareceu ter gostado de mim assim que me conheceu, e dois dias depois do nosso primeiro encontro, ele veio me visitar em Lee. Uma coisa levou à outra e ele acabou me convidando para passar alguns dias na casa dele – a Wisteria Lodge –, entre Esher e Oxshott. Ontem à noite fui a Esher para esse compromisso.

"Ele tinha descrito a casa para mim antes de eu ir lá. Ele morava com um criado fiel, seu compatriota, que atendia a todas as necessidades dele. O criado sabia falar inglês e resolvia todos os assuntos da casa. E ele também contava com um cozinheiro maravilhoso, disse-me ele, um mestiço que tinha conhecido nas suas viagens e que servia um excelente jantar. Eu me lembro de ele comentar que aquela era uma criadagem muito estranha para se encontrar no coração de Surrey, e eu tive de concordar com ele. Mas tudo se provou ainda mais estranho do que achei.

"Eu me dirigi ao local – a uns três quilômetros ao sul de Esher. A casa era de bom tamanho, afastada da rua, com uma entrada em curva ladeada por arbustos sempre-verdes. Era uma construção antiga e caindo aos pedaços, praticamente em ruínas. Quando a carruagem parou diante de uma porta desbotada e manchada pelo tempo, tive sérias dúvidas quanto à minha sensatez em visitar um homem de quem eu sabia tão pouco. Ele mesmo abriu a porta e cumprimentou-me com muita cordialidade. Fui conduzido por um criado, um sujeito melancólico e moreno, que carregou minha mala até o meu quarto. A casa toda era deprimente. Nosso jantar foi *tête-à-tête* e, embora meu anfitrião tenha se esforçado muito para que a noite fosse agradável, seus pensamentos pareciam divagar continuamente e ele falava de forma tão vaga e louca que eu mal conseguia compreendê--lo. Ele não parava de tamborilar na mesa, roía as unhas e dava outros sinais de impaciência e nervosismo. O jantar em si não foi bem servido, a comida não era nada gostosa e a presença do criado taciturno não ajudava em nada. Posso assegurar que diversas vezes durante o jantar desejei ter inventado alguma desculpa que me levasse de volta para Lee.

"Mas há uma coisa que me volta à lembrança e talvez possa ser relevante para os cavalheiros que investigam o caso. Não achei nada de mais na hora. Perto do fim do jantar, o criado entregou um bilhete para o patrão. Notei que, depois que o leu, meu anfitrião pareceu ainda mais distraído e estranho do que antes. Ele desistiu de qualquer pretexto para conversar e ficou sentado, fumando cigarros que não acabavam mais, perdido nos próprios pensamentos; mas não fez nenhum comentário sobre o conteúdo da mensagem. Por volta das onze horas da noite, fiquei feliz em ir para a cama. Algum tempo depois, Garcia apareceu na minha porta – o quarto estava escuro na hora – e me perguntou se eu o tinha chamado. Eu disse que não. Ele se desculpou por ter me perturbado tão tarde, dizendo que já era quase uma hora da manhã. Eu dormi a noite toda depois disso.

"E agora chego à parte incrível da história. Quando acordei, o dia já tinha amanhecido. Consultei o relógio e já eram quase nove horas. Eu tinha pedido especificamente que me acordassem às oito, então fiquei deveras surpreso com tal desconsideração. Eu me levantei e toquei a campainha para chamar um criado. Não recebi resposta. Toquei de novo, e de novo, e o resultado foi o mesmo. Foi quando cheguei à conclusão de que a campainha não estava funcionando. Vesti minhas roupas rapidamente e corri até o andar de baixo com um mau humor terrível para pedir água quente. Não conseguem imaginar minha surpresa quando descobri que não havia ninguém em casa. Eu gritei no corredor. Não houve nenhuma resposta. Decidi, então, percorrer todos os aposentos. Tudo estava deserto. Meu anfitrião me mostrara qual era o seu quarto na noite anterior, então bati à porta. Nenhuma resposta. Virei a maçaneta e entrei. O quarto estava vazio e ninguém tinha dormido naquela cama. Ele tinha ido embora com o resto. O anfitrião estrangeiro, o criado estrangeiro e o cozinheiro estrangeiro, todos tinham desaparecido na noite! Este foi o fim da minha visita a Wisteria Lodge."

Sherlock Holmes estava esfregando as mãos e rindo enquanto acrescentava esse incidente bizarro à sua coleção de episódios estranhos.

– Sua experiência, até onde sei, é perfeitamente única – disse ele. – Posso perguntar o que fez então?

– Fiquei furioso. A primeira coisa que passou pela minha cabeça foi que eu tinha sido vítima de uma brincadeira de mau gosto. Arrumei minhas coisas, bati a porta ao sair e parti para Esher, com minha mala nas mãos. Fiz uma visita à Allan Brothers, a corretora de imóveis por meio da qual a casa foi alugada. Ocorreu-me que o procedimento como um todo dificilmente teria o propósito de fazer-me de tolo e que o principal objetivo seria não pagar o aluguel. Estamos no fim de março, então o dia do pagamento do trimestre estaria chegando. Mas essa teoria não funcionou. O corretor me agradeceu pelo aviso, porém me disse que o aluguel havia sido pago adiantado. Então, fui até a cidade e segui para a embaixada da Espanha. Ninguém tinha ouvido falar do homem lá. Depois disso, fui visitar Melville, pois foi lá que conheci Garcia, mas descobri que ele sabia menos sobre o homem do que eu. Por fim, quando recebi sua resposta para o meu telegrama, vim para cá no mesmo instante, uma vez que, a meu ver, o senhor aconselha pessoas em casos difíceis. Mas agora, senhor inspetor, entendo que, pelo que disse quando chegou, o senhor pode continuar a história, e que alguma tragédia aconteceu. Posso assegurar que tudo que disse aqui é a mais pura verdade e que nada mais sei sobre o destino desse homem. Meu único desejo é ajudar a polícia da forma que eu puder.

– Tenho certeza que sim, senhor Scott Eccles. Tenho certeza – disse o inspetor Gregson em tom bem amável. – Sou obrigado a dizer que tudo que contou está de acordo com os fatos que chegaram à nossa atenção. Por exemplo, o bilhete que chegou durante o jantar. O senhor teve a chance de ver o que aconteceu com ele?

– Sim. Garcia o amassou e o atirou na lareira.

– O que acha disso, senhor Baynes?

O detetive do interior era um homem parrudo e com rosto corado, que só se salvava da rudeza por dois olhos extraordinariamente inteligentes, quase completamente ocultos pelas bochechas e sobrancelhas. Com um sorriso lento, ele tirou um pedaço de papel dobrado e descolorido do bolso.

– Havia uma grade, senhor Holmes, e ele deve ter atirado este papel com muita força. Recuperei-o ileso na parte de trás da lareira.

Holmes sorriu, apreciando o trabalho realizado.

– Você deve ter examinado a casa com muito afinco para encontrar isso.

– Foi o que fiz, senhor Holmes. É o modo como trabalho. Posso ler, senhor Gregson?

O londrino assentiu.

– O bilhete foi escrito em papel comum cor de creme e sem marca-d'água. É pequeno. Foi cortado em dois com uma tesoura de lâminas curtas. Foi dobrado três vezes e lacrado com uma cera roxa, que foi aplicada com pressa e pressionada por um objeto oval liso. Foi endereçado ao senhor Garcia, em Wisteria Lodge, e diz:

> Nossas próprias cores, verde e branco. Verde aberto, branco fechado. Escada principal, primeiro corredor, sétima à direita, cortina verde. Boa sorte. D.

Ele continuou:

– A letra é feminina, escrita com uma pena de ponta fina, mas o endereço foi escrito com outra pena ou por outra pessoa. A letra é mais grossa e mais firme, como pode ver.

– Uma observação deveras notável – comentou Holmes, olhando para o bilhete. – Devo parabenizá-lo, senhor Baynes, pela sua atenção aos detalhes em sua investigação. Talvez eu possa apenas acrescentar alguns pontos. O lacre oval, sem dúvida, foi feito com uma abotoadura comum. O que mais tem tal forma? A tesoura usada foi uma curta para unhas. Por conta do tamanho dos dois cortes. Dá para ver a mesma curva discreta em ambos.

O detetive do interior riu.

– Achei que eu tivesse tirado todas as informações possíveis, mas vejo que deixei passar alguns detalhes – disse ele. – Sou obrigado a dizer que não consigo entender o bilhete, a não ser que havia algo acontecendo e que há uma mulher na história, como sempre.

O senhor Scott Eccles se remexeu no assento durante a conversa.

– Fico feliz que tenham encontrado o bilhete, pois confirma minha história – disse ele. – Mas preciso dizer que ainda não sei o que aconteceu com o senhor Garcia nem com os criados dele.

– Em relação a Garcia, a resposta é fácil – começou Gregson. – Ele foi encontrado morto esta manhã em Oxshott Common, a pouco mais de três quilômetros da casa dele. A cabeça foi atingida por golpes pesados de um saco de areia ou instrumento semelhante, que, mais do que feri-la, esmagou-a. É um lugar ermo, e não há casas nas redondezas. Tudo indica que primeiramente ele foi atingido por trás, mas o atacante continuou batendo nele muito depois de já estar morto. Foi um ataque de ódio. Os criminosos não deixaram pegadas nem pistas.

– Roubo?

– Não, nada foi roubado.

– Tudo isso é doloroso... Muito doloroso e terrível – disse o senhor Scott Eccles, em tom queixoso. – Mas é realmente difícil para mim. Eu não tive nada a ver com a excursão noturna do meu anfitrião e seu encontro com um fim tão triste. Como foi que acabei envolvido nesse caso?

– Muito simples – respondeu o inspetor Baynes. – O único documento encontrado no bolso da vítima foi sua carta dizendo que você se encontraria com ele na noite da sua morte. Foi no envelope da carta que descobrimos o nome e o endereço da vítima. Já tinha passado das nove horas quando chegamos à casa dele e não encontramos ninguém. Enviei um telegrama para o senhor Gregson para investigar em Londres, enquanto eu examinava Wisteria Lodge. Então, eu vim para a cidade a fim de me juntar ao senhor Gregson. E aqui estamos nós.

Gregson se levantou e disse:

– Acho que chegou a hora de oficializarmos essa declaração. Precisamos que nos acompanhe, senhor Scott Eccles, para um depoimento por escrito.

– Claro que irei com vocês. Mas quero contratar seus serviços, senhor Holmes. Quero que mova montanhas para chegar à verdade.

Meu amigo se virou para o inspetor do interior.

– Suponho que não faça objeções em relação à minha colaboração, senhor Baynes?

– Estou altamente honrado, senhor.

– Parece que abordou este caso de maneira deveras meticulosa. Se me permite perguntar, o senhor encontrou alguma pista sobre o horário que este homem encontrou sua morte?

– Ele estava lá desde uma hora da manhã. Choveu por volta desse horário, mas a morte com certeza foi antes da chuva.

– Mas isso é impossível, senhor Baynes – interveio nosso cliente. – Eu reconheci a voz dele e posso jurar que foi ele que se dirigiu a mim no meu quarto bem nesse horário.

– Notável, mas não impossível – retrucou Holmes com um sorriso.

– Você tem alguma pista? – perguntou Gregson.

– Este caso não é tão complexo, embora certamente apresente algumas características novas e interessantes. Um maior conhecimento dos fatos se faz necessário antes que eu me aventure a dar uma opinião mais definitiva. Aliás, senhor Baynes, ao examinar a casa, o senhor encontrou mais alguma coisa relevante além do bilhete?

O detetive lançou um olhar peculiar a meu amigo.

– Encontrei – respondeu ele. – Encontrei uma ou duas coisas *muito* relevantes. Talvez, quando eu concluir meu serviço na delegacia, o senhor possa vir ao meu encontro para me dar sua opinião.

– Estou a seu dispor – disse Sherlock Holmes, tocando a sineta. – Acompanhe esses cavalheiros até a porta, senhora Hudson, e, por favor, peça ao garoto para levar este telegrama. Ele deve pagar cinco xelins pela resposta.

Ficamos sentados em silêncio por um tempo depois que nossos visitantes saíram. Holmes fumou muito, com as sobrancelhas franzidas sobre os olhos inteligentes e a cabeça projetada para a frente da forma que lhe era característica.

– Pois bem, Watson – disse ele, voltando sua atenção de repente para mim. – O que acha disso?

– Não consigo entender toda essa complicação com Scott Eccles.

– E quanto ao crime?

– Bem, considerando o desaparecimento dos criados, imagino que possam ter alguma ligação com o assassinato e fugiram da justiça.

– Certamente, esse é um ponto de vista possível. Diante disso, você deve admitir, porém, que é muito estranho que dois criados tenham participado de uma conspiração contra ele e que o atacaram na única noite em que havia um convidado, quando o tinham sozinho todas as outras noites da semana.

– E por que fugiram?

– Realmente. Por que fugiram? Este é um fato importante. Outro fato importante é a notável experiência do nosso cliente, o senhor Scott Eccles. Agora, meu caro Watson, está além do limite da engenhosidade humana conseguir uma explicação para esses dois fatos importantes? Se houvesse um que pudesse admitir também o bilhete misterioso com tão curiosa redação, por que, então, valeria a pena aceitar uma hipótese temporária. Se os fatos novos que chegaram ao nosso conhecimento se encaixam no esquema, então nossa hipótese pode gradualmente se tornar uma solução.

– Mas qual é a sua hipótese?

Holmes se reclinou na cadeira e semicerrou os olhos.

– Você deve admitir que a ideia de isso ser uma peça pregada é impossível. Havia eventos graves acontecendo, como o relato mostrou, e o convite para que Scott Eccles fosse para Wisteria Lodge tinha alguma coisa a ver com isso.

– Mas qual seria essa ligação?

– Vamos pensar em partes. Se pensarmos bem, há algo artificial em relação a essa amizade repentina e estranha entre o jovem espanhol e Scott Eccles. Foi o primeiro que forçou a amizade. Ele fez uma visita a Eccles, do outro lado de Londres, exatamente no dia seguinte àquele que se conheceram e manteve contato próximo com ele até que o atraiu para Esher. A questão é: o que ele queria com Eccles? O que Eccles poderia lhe dar? Não vejo nele um homem encantador nem particularmente inteligente. Certamente não era alguém compatível com um latino de mente afiada. Por que, então, Eccles foi escolhido, entre tantas pessoas que Garcia conheceu, como alguém que se encaixasse nos seus planos? Ele tem alguma qualidade fora de série? Pois eu digo que tem. Ele é o retrato da respeitabilidade convencional britânica e o homem certo para servir de testemunha e impressionar outro britânico. Você mesmo viu como nenhum dos inspetores sequer sonhou em questionar o depoimento dele, de tão extraordinário que foi.

– Mas o que ele deveria testemunhar?

– Nada, ao que parece, do jeito que as coisas aconteceram, mas tudo, se as coisas tivessem acontecido de outro modo. Pelo menos, é como eu vejo a questão.

– Entendo, ele talvez pudesse servir como álibi de algo.

– Exatamente, meu caro Watson, ele poderia ter servido como álibi. Vamos supor, em nome da argumentação, que as pessoas que viviam em Wisteria Lodge tenham feito algum tipo de conspiração. A tentativa, seja ela qual for, era sair antes da uma hora da manhã. Ao adulterar os relógios, é bem possível que tenham mandado Scott Eccles para a cama mais cedo do que ele imaginou, mas, de qualquer forma, é provável que Garcia tenha se esforçado para dizer a ele que era uma hora da manhã quando não devia nem ter passado da meia-noite. Se Garcia pudesse fazer fosse lá o que tinha de fazer e voltar perto da hora mencionada, é evidente que teria uma forte defesa diante de qualquer acusação. Ali estava aquele inglês irrepreensível pronto para jurar em qualquer tribunal que o acusado estivera em casa o tempo todo. Isso seria um seguro contra o pior.

– Sim, sim, percebo o que diz. Mas como explica o desaparecimento de todos?

– Ainda não tenho os fatos, mas eu não acho que vá me deparar com alguma dificuldade insuperável. Ainda assim, é um erro argumentar diante dos próprios dados. Você acaba revirando-os de forma insensata para se encaixarem nas suas teorias.

– E quanto à mensagem?
– Como era mesmo? "Nossas próprias cores, verde e branco." Parece uma corrida. "Verde aberto, branco fechado." Isso é claramente um sinal. "Escada principal, primeiro corredor, sétima à direita, cortina verde." Isso é uma designação. Podemos muito bem encontrar um marido ciumento por trás de tudo isso. Era claramente uma missão perigosa. Do contrário, ela não teria desejado "boa sorte". E temos o "D", que poderia ser uma pista.
– O homem era espanhol. Acredito que D pode ser de Dolores, um nome feminino muito comum na Espanha.
– Muito bom, Watson, muito bom. Mas inadmissível também. Uma espanhola escreveria na língua materna para outro espanhol. A autora da carta com certeza é inglesa. Bem, só podemos exercer nossa paciência enquanto aguardamos a volta desse excelente inspetor. Nesse meio tempo, podemos agradecer a nossa boa sorte que nos livrou de algumas horas de tédio e fadiga insuportáveis.

Uma resposta ao telegrama de Holmes chegou antes do retorno do policial de Surrey. Holmes a leu e estava prestes a colocá-la no seu caderno quando se deparou com a minha expressão de expectativa. Ele a empurrou para mim com uma risada.

– Estamos andando em círculos.

O telegrama era uma lista de nomes e endereços.

Lorde Harringby, The Dingle; Sir George Ffolliott, Oxshott Towers; senhor Hynes Hynes, J.P., Purdley Place; senhor James Baker Williams, Forton Old Hall; senhor Henderson, High Gable; reverendo Joshua Stone, Nether Walsling.

– Esta é uma forma muito óbvia de limitarmos nosso campo de ação – disse Holmes. – Sem dúvida, Baynes, com sua mente metódica, já adotou algum plano semelhante.

– Não estou acompanhando.

– Bem, meu caro amigo, já chegamos à conclusão de que a mensagem recebida por Garcia no jantar era um compromisso ou uma orientação. Agora, se a leitura óbvia do bilhete estiver correta, e para manter o encontro e ir ao local onde a pessoa precisa subir uma escadaria e procurar a sétima porta em um corredor, fica perfeitamente claro que a casa precisa ser muito grande. É igualmente certo que a casa não deve ficar a mais de dois ou três quilômetros de distância de Oxshott, uma vez que Garcia ia andando naquela direção e esperava, de acordo com as minhas interpretações dos fatos, estar de volta a Wisteria Lodge a tempo de garantir o próprio álibi, o qual só seria válido até uma hora da manhã. Uma vez que o número de casas grandes em Oxshott deve ser limitado, eu adotei o método óbvio de mandar uma mensagem para os corretores de imóveis mencionados por Scott Eccles e obtive uma lista deles. Aqui estão elas, neste telegrama; e a outra ponta do nosso novelo embolado deve estar entre elas.

Eram quase seis horas da tarde quando chegamos à bonita vila Surrey, em Esher, tendo como companhia o inspetor Baynes.

Holmes e eu levamos coisas para passar a noite e encontramos quartos confortáveis no Bull. Finalmente, acompanhamos o detetive para uma visita a Wisteria Lodge. Era uma noite fria e escura de março, com um vento forte e uma chuva fina fustigando nosso rosto, um cenário adequado para o caminho inóspito que atravessávamos e o objetivo trágico que nos guiava.

O tigre de San Pedro

Uma caminhada fria e melancólica de uns três quilômetros nos levou a um grande portão de madeira que se abria para uma tenebrosa alameda de castanheiras. A entrada curva e sombria nos levou até uma casa plana e escura, que recortava o céu cinzento. Da janela da frente, à esquerda da porta, vinha o brilho de uma luz fraca.

– Há um policial de plantão – explicou Baynes. – Vou bater na janela.

Ele cruzou o gramado e bateu na vidraça. Através do vidro embaçado, vi na penumbra um homem dar um salto da cadeira ao lado da lareira e ouvi um grito rouco no aposento. Um instante depois, um policial pálido e ofegante abriu a porta, a vela bruxuleava na mão trêmula.

– Qual é o problema, Walters? – perguntou Baynes com rispidez.

O homem enxugou a testa com o lenço e soltou um longo suspiro de alívio.

– Estou feliz por ter voltado, senhor. A noite é longa e acho que meus nervos estão à flor da pele.

– Nervos, Walters? Não achei que você fosse um homem de se levar pelos nervos.

– Bem, senhor, é esta casa solitária e silenciosa, e aquela coisa estranha na cozinha. Quando ouvi as batidas na janela, achei que aquilo tinha voltado.

– O que tinha voltado?

– O diabo, senhor, por tudo que eu sei. Estava na janela.

– O que estava na janela e quando?

– Há umas duas horas. Começava a escurecer. Eu estava lendo na cadeira. Não sei o que me fez levantar o olhar, mas eu vi um rosto olhando para mim pela vidraça inferior. Meu Deus, senhor, e que rosto era aquele! Eu o verei nos meus pesadelos.

– Lamentável, Walters. Isso não é conversa de um policial.

– Eu sei, senhor, eu sei. Mas isso me abalou, não tenho como negar. Não era negro, nem branco, senhor, nem de nenhuma outra cor que eu conheça, mas com um tipo de tom estranho, assim como barro misturado com um pouco de leite. E também há a questão do tamanho. O dobro do seu, senhor. E a aparência: olhos arregalados e intensos e uma linha de dentes brancos como os de uma fera faminta. Eu lhe digo, senhor, não consegui mexer um dedo sequer, nem respirar, até a coisa se virar e desaparecer. Eu corri para fora e passei pelos arbustos, mas, graças a Deus, não o encontrei lá.

– Se não soubesse que é um bom homem, Walters, eu faria uma queixa contra você. Se fosse o próprio diabo, um policial a serviço nunca deveria dar graças a Deus por não conseguir pegá-lo. Creio que tudo que aconteceu pode ter sido sua imaginação, por causa do nervosismo, não?

– Isso, pelo menos, é fácil de resolver – disse Holmes, acendendo sua lanterna de bolso. – Sim – disse ele, depois de examinar rapidamente o canteiro. – Uma pegada de alguém que calça 45, eu diria. Se sua altura for proporcional ao tamanho do pé, ele certamente é enorme.

– E o que aconteceu com ele?

– Parece ter fugido pelo matagal para chegar à estrada.

– Muito bem – disse o inspetor, com expressão pensativa e séria –, independentemente de quem fosse e do que quisesse, ele não está aqui e temos coisas mais importantes para resolver. Agora, senhor Holmes, com sua permissão, vou lhe mostrar a casa.

Os diversos quartos e salas nada revelaram depois de uma busca criteriosa e cuidadosa. Aparentemente, os locatários não tinham trazido quase nada consigo, e toda a mobília, até os mínimos detalhes, foi alugada com a casa. Muitas roupas com a etiqueta da Marx and Co., na High Holborn, ficaram para trás. Já haviam feito perguntas por telégrafo que mostraram que Marx nada sabia sobre o cliente, a não ser que era bom pagador. Entre os objetos pessoais deixados para trás, havia alguns cachimbos, alguns livros, dois dos quais em espanhol, um revólver antiquado e um violão.

– Não há nada aqui – disse Baynes, observando, com uma vela na mão, enquanto passava de um cômodo para outro. – Mas agora, senhor Holmes, eu o convido a voltar sua atenção para a cozinha.

Era um aposento sombrio, com pé-direito alto, nos fundos da casa, um catre de palha no canto que parecia servir de cama para o cozinheiro. A mesa estava coberta de louça suja e restos do jantar da noite anterior.

– Veja isto – disse Baynes. – O que lhe parece?

Ele segurou a vela diante de um objeto extraordinário que se encontrava no fundo de um móvel. Estava tão amassado e embolado que era difícil dizer o que já tinha sido. Poder-se-ia dizer que era negro e de couro curtido e que tinha alguma semelhança com uma figura humana pequena. A princípio, enquanto eu examinava, achei tratar-se de um bebê negro mumificado; depois pareceu um tipo de macaco velho e retorcido. Por fim, fiquei em dúvida se era animal ou humano. Uma corrente dupla de conchas brancas estava pendurada bem no centro.

– Muito interessante… Muito interessante, realmente! – disse Holmes, observando a relíquia sinistra. – Mais alguma coisa?

Em silêncio, Baynes nos levou até a pia e ergueu a vela. Os membros e o corpo de alguma ave grande e branca, destroçada de forma selvagem ainda com as penas, estava ali. Holmes apontou para a cabeça decepada fincada com estacas.

– Um galo branco – disse ele. – Muito interessante! Trata-se realmente de um caso deveras peculiar.

Mas o senhor Baynes deixou o mais sinistro para o fim. De debaixo da pia, tirou um balde cheio de sangue. Depois, pegou na mesa uma bandeja com pedaços pequenos de ossos carbonizados.

– Algo foi morto e algo foi queimado. Tiramos tudo isso da lareira. Um médico veio aqui mais cedo e disse que não são humanos.

Holmes sorriu e esfregou as mãos.

– Devo parabenizá-lo, inspetor, por conduzir o caso de forma tão distinta e instrutiva. Se me permite dizer, suas capacidades são bem superiores às suas oportunidades.

Os olhinhos do inspetor Baynes brilharam de prazer.

– Está certo, senhor Holmes. Ficamos estagnados na província. Um caso desse tipo dá a um homem uma chance, e eu espero poder aproveitá-la. Mas o que acha desses ossos?

– Um cordeiro, eu diria. Ou uma criança.

– E o galo branco?

– Curioso, senhor Baynes, muito curioso. Devo dizer que quase singular.

– Sim, senhor, deve ter havido pessoas muito estranhas com modos muito estranhos nesta casa. Uma delas está morta. Será que seus criados o seguiram e o mataram? Se fizeram isso, vamos pegá-los, pois todos os portos estão sendo vigiados. Mas eu tenho uma visão muito diferente. Sim, senhor, minha visão do caso é muito diferente.

– O senhor tem uma teoria?

– E eu mesmo vou investigá-la, senhor Homes. Quero receber os louros. O seu nome já é conhecido, mas o meu, não. Ficarei feliz de poder dizer depois que eu resolvi o caso sem a sua ajuda.

Holmes riu, bem-humorado.

– Pois muito bem, inspetor – disse ele. – O senhor segue o seu caminho e eu sigo o meu. Meus resultados sempre estarão a seu dispor se quiser pedi-los. Acho que já vi tudo que precisava nesta casa e que meu tempo será mais bem empregado em outro lugar. *Au revoir* e boa sorte!

Percebi, por vários sinais sutis, os quais talvez passassem despercebidos para outras pessoas que não o conhecessem tão bem, que Holmes tinha uma pista importante. Por mais impassível que ele parecesse para um observador casual, havia, ainda assim, um ímpeto e uma ligeira tensão que faziam seus olhos brilharem de uma forma rápida que me assegurava que o jogo tinha começado. Conforme era seu costume, nada disse, e, conforme era o meu, nada perguntei. Para mim era suficiente que me deixasse participar e dar minha humilde contribuição na captura sem distrair aquele cérebro afiado com interrupções desnecessárias. Tudo se revelaria na hora certa.

Eu esperei, portanto – mas, para minha crescente decepção, esperei em vão. Os dias se sucediam, e meu amigo não avançava um passo sequer. Uma manhã, ele esteve na cidade e eu soube por uma referência casual que ele tinha visitado o Museu Britânico. A não ser por esse único passeio, Holmes passava os dias em caminhadas longas e solitárias ou conversando com alguns moradores da vila que tinha conhecido.

– Tenho certeza, Watson, de que uma semana no campo será ótimo para você – comentou ele. – É muito agradável apreciar os primeiros botões verdes começando a surgir. Com uma pá, um balde e um livro elementar de botânica, há dias muito instrutivos para se passar.

Ele mesmo andou por aí com esse equipamento, mas a mostra de plantas que trazia à noite para casa era bem pobre.

Às vezes, nos nossos passeios, nos encontrávamos com o inspetor Baynes. O rosto gordo e avermelhado se abria com um sorriso e os olhinhos brilhavam quando cumprimentava meu amigo. Dizia muito pouco sobre o caso, mas, pelo pouco que ouvimos, ele também não estava nada satisfeito com o andar da carruagem. Devo admitir, porém, que foi uma surpresa quando, cinco dias depois do crime, abri o jornal matinal e li a manchete:

SOLUÇÃO PARA O MISTÉRIO DE OXSHOTT.
SUPOSTO ASSASSINO É PRESO

Holmes se levantou com um salto, como se tivesse levado uma ferroada.

– Minha nossa! – exclamou. – Você quer dizer que Baynes o pegou?

– Parece que sim – respondi, enquanto lia o seguinte relato:

Houve grande comoção em Esher e nos distritos vizinhos quando soubemos, na noite de ontem, de uma prisão ligada ao assassinato de Oxshott. Como já noticiado senhor Garcia, residente de Wisteria Lodge, foi encontrado morto em Oxshott Common. Seu corpo mostrava sinais de extrema violência e, na mesma noite, seu criado e seu cozinheiro fugiram, o que parecia indicar algum tipo de envolvimento no crime. Sugeriu-se, embora isso nunca tenha sido provado, que a vítima tivesse objetos de valor na casa e que o roubo desses objetos poderia ter motivado o crime. O inspetor Baynes, responsável pelo caso, fez todos os esforços para encontrar o esconderijo dos fugitivos e não tem motivos para acreditar que tenham ido longe, mas que estejam em algum esconderijo próximo, o qual haviam preparado antes. Desde o início, porém, havia certeza de que eles seriam detectados, pois o cozinheiro, segundo descrição de um ou dois comerciantes locais que já o tinham visto através da janela, era um homem de aparência marcante – um mestiço enorme e medonho, com feições amareladas e pronunciados traços negroides. Esse homem foi visto depois do crime, pois o policial Waters detectou sua presença e o perseguiu naquela mesma noite, quando ele teve a audácia de voltar a Wisteria Lodge. O inspetor Baynes, considerando que tal visita tinha algum objetivo definido e que era provável que se repetisse, abandonou a casa, mas preparou uma emboscada no matagal. O homem caiu na armadilha e foi capturado ontem à noite, depois de uma luta com o policial Downing, que levou uma violenta mordida do oponente. Entendemos que, quando a polícia levar o preso aos magistrados, solicitará a prisão preventiva. Esperam-se grandes avanços na investigação com essa captura.

– Precisamos ver Baynes imediatamente – exclamou Holmes, pegando o chapéu. – Vamos alcançá-lo antes que saia de casa.

Seguimos apressados pelas ruas da vila e, como esperado, nós o encontramos saindo de sua casa.

– Leu o jornal, senhor Holmes? – perguntou ele, dirigindo-se a nós.

– Sim, Baynes, eu o li. Espero que não se ofenda se eu lhe der um aviso amigável.

– Um aviso, senhor Holmes?

– Estou analisando esse caso com cuidado e não estou convencido de que o senhor esteja no caminho certo. Não quero que vá longe demais, a não ser que tenha certeza.

– É muito gentil de sua parte, senhor Holmes.

– Asseguro que lhe falo para seu próprio bem.

A mim me pareceu que algo como um tremor ocorreu por um instante em um dos olhinhos do senhor Baynes.

– Nós combinamos que cada um seguiria seu caminho, senhor Holmes. É o que estou fazendo.

– Pois muito bem – disse Holmes. – Não me culpe depois.

– Não, senhor. Eu acredito que suas intenções são as melhores. Mas todos temos nosso próprio método de trabalho. O senhor tem o seu e eu talvez tenha o meu.

– Não falemos mais nisso.

– Pois compartilho com o senhor as notícias que tenho. Esse sujeito é violento, forte como um touro e feroz como o diabo. Ele quase arrancou o polegar de Downing com os dentes, antes que pudessem controlá-lo. Seu inglês é muito ruim e não conseguimos arrancar nada dele, a não ser resmungos.

– E você acha que tem provas de que ele matou seu patrão?

– Não foi o que eu disse, senhor Holmes; não foi o que eu disse. Cada um de nós tem seu método de trabalho. O senhor usa o seu e eu uso o meu. O combinado não sai caro.

Holmes encolheu os ombros enquanto caminhávamos juntos.

– Não consigo entender aquele homem. Parece estar seguindo direto para a ruína. Bem, ele diz que cada um deve usar os próprios métodos e ver o que acontece, mas existe uma coisa no inspetor Baynes que não consigo entender.

Quando chegamos aos nossos aposentos no Bull, Sherlock Holmes disse:

– Sente-se naquela cadeira, Watson. Quero colocá-lo a par da situação, pois talvez precise da sua ajuda esta noite. Permita que eu lhe mostre a evolução do caso até o momento. Simples como parecera a partir das primeiras pistas, o caso ainda assim apresentou complicações surpreendentes com essa prisão. Existem lacunas naquela direção que ainda precisamos preencher.

"Voltemos ao bilhete que Garcia recebeu na noite de seu assassinato. Podemos deixar de lado essa ideia de Baynes sobre o envolvimento dos criados. A prova disso está no fato de que foi o próprio Garcia que armou para que Scott Eccles estivesse presente no local, com o objetivo de forjar um álibi. Era Garcia, então, que tinha um objetivo e, ao que tudo indica, um objetivo criminoso em curso naquela noite, quando encontrou a própria morte. Digo 'criminoso' porque apenas um homem com objetivo criminoso desejaria estabelecer um álibi. Quem, então, poderia ter tirado a vida dele? Decerto que a vítima dos seus objetivos criminosos. Até agora, parece que estamos em um caminho sólido.

"Podemos nos voltar agora para o motivo do desaparecimento da criadagem de Garcia. Eles *todos* eram comparsas desse mesmo crime desconhecido. Se fosse bem-sucedido, quando Garcia voltasse para casa qualquer suspeita possível seria descartada pelo depoimento do inglês, e tudo ficaria bem. Mas o crime era perigoso e, se Garcia *não* voltasse até certa hora, era provável que sua própria vida tivesse sido sacrificada. Eles planejaram, portanto, para que, se isso ocorresse, os dois comparsas fugiriam para um lugar preparado de antemão onde poderiam se esconder durante as investigações e ficar em posição de fazer uma nova tentativa. Isso explicaria todos os fatos, não?

Toda a inexplicável história pareceu clara para mim. E, como sempre, eu me perguntei como era possível que eu não tivesse visto algo tão óbvio.

– Mas por que um dos criados voltaria?

– Talvez, na confusão da fuga, algo que lhe era muito precioso, algo sem o qual não conseguiria viver, ficou para trás. Isso explicaria a insistência, não é?

– Bem, qual é o próximo passo?

– O próximo passo é o bilhete que Garcia recebeu no jantar. Ele indica um comparsa do outro lado. Agora, qual era esse outro lado? Eu já demonstrei que o lugar só poderia ser em uma casa grande e que o número de casas grandes por aqui é limitado. Dediquei meus primeiros dias aqui na vila a alguns passeios nos quais, em intervalos das minhas pesquisas botânicas, fiz um reconhecimento de todas as casas grandes e uma análise da história familiar dos ocupantes. Apenas uma casa chamou a minha atenção: a antiga granja jacobina de High Gable. Ela fica a um quilômetro e meio de Oxshott e a menos de um quilômetro da cena do crime. As outras mansões pertencem a pessoas prosaicas e respeitáveis que não se envolveriam em dramas. Mas o senhor Henderson, de High Gable, era um homem deveras curioso, e tal curiosidade pode tê-lo levado a viver aventuras curiosas. Concentrei minhas atenções nele e nos seus criados.

"Um grupo peculiar de pessoas, Watson – o homem mesmo é o mais peculiar de todos. Consegui encontrar-me com ele usando um pretexto plausível, mas percebi nos seus olhos escuros, profundos e desconfiados que ele sabia muito bem o meu verdadeiro intento. É um homem de cinquenta anos, forte, ativo, com cabelo grisalho e espessas sobrancelhas pretas, o andar de um cervo e o ar de um imperador – um homem forte, imperioso, com sangue quente por trás do rosto enrugado. Ou ele é estrangeiro ou viveu muito tempo nos trópicos, pois tem uma cor amarelada e sem vigor, mas é rígido como uma tira de chicote. Seu amigo e secretário, o senhor Lucas, é sem dúvida estrangeiro, com pele de um tom profundo de marrom e fala macia, inteligente e felina, com uma pitada de veneno. Perceba, Watson, que já nos deparamos com dois grupos de estrangeiros – um em Wisteria Lodge e outro em High Gable. Então, nossas lacunas estão começando a ser preenchidas.

"Esses dois homens, amigos íntimos e confidentes, estão no centro daquela casa; mas há uma outra pessoa que, para nosso interesse imediato, pode ser ainda mais importante. Henderson tem duas filhas, uma de onze anos e outra de treze. A governanta delas é uma tal de senhorita Burnet, uma inglesa na casa dos quarenta anos. Também há um criado de confiança. Esse pequeno grupo forma uma verdadeira família, pois sempre viajam juntos, e Henderson viaja muito, sempre mudando de lugar. Há algumas semanas, ele retornou para High Gable, depois de um ano de ausência. Posso acrescentar que ele é muito rico e, sejam lá quais forem seus desejos, ele pode facilmente satisfazê-los. Quanto ao resto, sua casa é cheia de mordomos, cavalariços, criadas e outros serviçais, todos bem alimentados e com pouco trabalho como é habitual em uma grande casa de campo da Inglaterra.

"Descobri muitas coisas, em parte com as fofocas da vila e em parte com minhas próprias observações. Não há melhor instrumento do que criados dispensados e ressentidos, e eu tive a imensa sorte de encontrar um desses. Chamo isso de sorte, mas eu não teria descoberto sem ter procurado por isso. Como diz Baynes, cada um tem seus próprios métodos. Foi o meu método que me permitiu encontrar John Warner, o último jardineiro de High Gable, despedido em um momento de raiva do imperioso patrão. Ele, por sua vez, tinha amigos entre os criados internos da casa que também nutrem medo e raiva do patrão. Então, eu consegui uma chave para os segredos da casa.

"São pessoas peculiares, Watson! Não tenho a pretensão de entender tudo ainda, mas são pessoas deveras peculiares. A casa tem duas alas; os empregados dormem em uma ala e a família, na outra. Não há ligação entre as duas, a não ser pelo criado particular de Henderson, que serve as refeições da família. Tudo é levado por determinada porta, a qual forma a única ligação. A governanta e as crianças praticamente não saem, a não ser para um passeio no jardim. Henderson nunca sai sozinho. Seu secretário negro é como uma sombra. A fofoca entre os criados é que ele tem um medo horrível de alguma coisa. 'Ele vendeu a alma para o diabo', diz Warner, 'e espera que seu credor venha cobrar a dívida'. De onde vieram e quem são, ninguém faz ideia. Eles são violentos. Henderson chegou a dar chicotadas em pessoas por duas vezes. E só a carteira fornida e uma pesada indenização evitaram que ele respondesse a um processo.

"Veja bem, Watson, vamos analisar a situação diante dessas novas informações. Podemos supor que a carta veio dessa estranha casa e que tenha sido um convite para Garcia tentar realizar alguma coisa que já havia sido planejada. Quem escreveu o bilhete? Era alguém que mora na casa, uma mulher. Quem mais senão a senhorita Burnet, a governanta? Todo o nosso raciocínio parece apontar nessa direção. De qualquer forma, podemos considerar a hipótese e ver quais são suas consequências. Posso acrescentar que a idade e a personalidade da senhorita Burnet confirmam minha primeira suposição de que um interesse amoroso na história está fora de cogitação.

"Se ela escreveu o bilhete, ela possivelmente é amiga e comparsa de Garcia. O que, então, ela esperava fazer se ficasse sabendo de sua morte? Se ele morreu em algum ato nefasto, ela não diria uma palavra sequer. Ainda assim, no seu coração, deve sentir raiva e amargura contra aqueles que o mataram e supostamente ajudaria até onde pudesse para vingar sua morte. Mas como podemos vê-la e tentar usá-la? Esse foi meu primeiro pensamento. Mas agora chegamos a um fato ainda mais sinistro. A senhorita Burnet não foi vista por nenhum outro ser humano desde a noite do assassinato. Desde aquela noite, ela simplesmente desapareceu. Ela está viva? Teria encontrado o próprio fim na mesma noite em que chamara o amigo para um encontro? Ou ela é simplesmente uma prisioneira? Este é o ponto que ainda precisamos esclarecer.

"Você há de concordar com a dificuldade da situação, Watson. Não há nada que possamos usar como garantia. Todo esse esquema parecerá uma fantasia se apresentado diante de um juiz. O desaparecimento da mulher não quer dizer nada, uma vez que, naquela casa incomum, qualquer um dos membros pode desaparecer por uma semana. Ainda assim, ela pode estar correndo perigo de vida neste exato momento. Tudo que posso fazer é observar a casa e deixar meu representante, Warner, de guarda nos portões. Não podemos permitir que a situação continue assim. Se a lei não pode fazer nada, devemos assumir os riscos.

– E o que sugere?

– Sei qual é o quarto dela. É possível acessá-lo pelo telhado de uma edícula. Sugiro que a gente vá até lá esta noite para ver se conseguimos chegar ao cerne desse mistério.

Não era, devo confessar, uma perspectiva muito atraente. A casa antiga, com sua aura de cena de crime, os habitantes terríveis e peculiares, os perigos desconhecidos da aproximação e o fato de que estávamos nos colocando juridicamente em uma posição incorreta, tudo isso contribuía para diminuir minha animação. Mas havia algo no raciocínio frio de Holmes que tornava impossível para mim me acovardar diante de qualquer aventura que ele pudesse propor. Eu sabia que assim, e só assim, poderíamos encontrar uma solução. Apertei a mão dele em silêncio e a sorte foi lançada.

No entanto, não estava no destino que nossa investigação tivesse um fim tão cheio de aventuras. Eram cinco horas da tarde e as sombras da noite de março começavam a cair quando um animado camponês entrou correndo em nossos aposentos.

– Eles se foram, senhor Holmes. Pegaram o último trem. A dama conseguiu fugir deles, e eu a trouxe em um cabriolé.

– Excelente, Warner! – exclamou Holmes. – Watson, as lacunas estão sendo preenchidas rapidamente.

No cabriolé havia uma mulher, recostada no assento com esgotamento nervoso. Trazia no rosto aquilino e emaciado os traços de uma tragédia recente. A cabeça estava caída sobre o peito, mas, assim que ergueu os olhos vazios e nos viu, suas pupilas se contraíram em pontinhos escuros no meio da íris cinzenta. Ela estava drogada com ópio.

– Vigiei os portões como me disse para fazer, senhor Holmes – explicou nosso emissário, o jardineiro despedido. – Quando a carruagem saiu, eu os segui até a estação. Ela parecia uma sonâmbula, mas, quando tentaram colocá-la no trem, ela pareceu ganhar vida e lutou. Eu intervim e a coloquei no cabriolé, e aqui estamos nós. Não esquecerei daquele rosto na janela da carruagem quando a levei embora. Eu teria uma vida curta se a vontade dele fosse feita. Os olhos pretos me fulminando, o diabo amarelo.

Nós a carregamos até o andar de cima e a colocamos no sofá. Umas duas xícaras de café forte logo clarearam sua mente das brumas da droga. Baynes fora chamado por Holmes e a situação fora explicada a ele.

– Ora, ora, o senhor conseguiu a prova de que eu precisava – disse o inspetor de forma calorosa, apertando a mão do meu amigo. – Eu estava seguindo a mesma pista.

– O quê? O senhor estava de olho em Henderson?

– Ora, senhor Holmes, quando o senhor estava observando High Gable do matagal, eu estava em cima de uma das árvores e o vi lá embaixo. Era só uma questão de quem conseguiria a prova primeiro.

– E por que prendeu o cozinheiro?

Baynes riu.

– Eu tinha certeza de que Henderson, como ele se chama, sentiu que era suspeito e que agiria com discrição por um tempo, sem fazer nada, enquanto achasse que estava em perigo. Prendi o homem errado para fazê-lo acreditar que nossos olhos não estavam voltados para ele. Eu sabia que ele provavelmente ia partir e nos dar uma chance de chegar à senhorita Burnet.

Holmes pousou a mão no ombro do inspetor.

– O senhor vai crescer na profissão, pois tem instinto e intuição – disse ele.

Baynes ficou corado de prazer.

– Deixei um policial à paisana na estação a semana toda. Para onde o pessoal de High Gable for, ele vai também. Mas deve ter sido difícil para ele quando a senhorita Burnet escapou. No entanto, seu homem a pegou e tudo terminou bem. Não podemos prendê-lo sem as provas que ela tem, isso está claro. Então, quanto antes tomarmos o depoimento dela, melhor.

– Ela está ficando mais forte a cada instante que passa – disse Holmes, olhando para a governanta. – Mas me diga, Baynes, quem é esse homem, o Henderson?

– Henderson – disse o inspetor – é Don Murillo, antes conhecido como o Tigre de São Pedro.

O Tigre de São Pedro! Toda a história do homem voltou à minha mente como um raio. Ele fez o nome como o maior tirano sanguinário que já governou um país com o pretexto de civilização. Forte, destemido e enérgico, tinha virtudes o suficiente para conseguir impor seus vícios odiosos a um povo amedrontado por dez ou doze anos. Seu nome era sinônimo de terror na América Central. No fim desse tempo, houve um levante contra ele. Mas o sujeito era tão esperto quanto cruel e, assim que soube que enfrentaria problemas, juntou secretamente seus tesouros em um navio tripulado com seguidores fiéis. Foi um palácio vazio que os insurgentes invadiram no dia seguinte. O ditador, suas duas filhas, seu secretário e toda a sua fortuna escaparam deles. A partir daquele momento, desapareceu no mundo e sua identidade foi assunto frequente na imprensa europeia.

– Sim, senhor, Don Murillo, o Tigre de San Pedro – disse Baynes. – Se procurar, descobrirá que as cores de San Pedro são o verde e o branco, as mesmas que vimos no bilhete, senhor Holmes. Ele dizia se chamar Henderson, mas eu fui seguindo seu rastro. Paris, Roma, Madri e Barcelona, onde seu navio atracou em 1886. Seus oponentes o procuraram o tempo todo em busca de vingança, mas só agora conseguiram localizá-lo.

– Eles o descobriram anos atrás – disse a senhorita Burnet, que se empertigara e agora acompanhava atentamente a conversa. – Houve uma outra tentativa contra a vida dele, mas algum espírito mau o protegeu. Agora, novamente, é o nobre e cavalheiro Garcia que caiu, enquanto o monstro continua em segurança. Mas outro virá e mais outro, até que um dia a justiça seja feita. Isso é certo como o sol há de surgir amanhã.

Ela cerrou os punhos delgados e seu rosto marcado empalideceu de ódio.

– Mas como tomou parte nessa questão, senhorita Burnet? – perguntou Holmes. – Como uma dama inglesa entrou em um assunto tão violento?

– Eu entrei porque não há outra forma no mundo de se fazer justiça. Por que as leis inglesas se importariam com os rios de sangue derramados tantos anos atrás em San Pedro, ou com o navio cheio de tesouros que esse homem roubou? Para vocês, esses são crimes cometidos em outro planeta. Mas *nós* sabemos. Descobrimos a verdade em meio à tristeza e ao sofrimento. Para nós, não existe demônio pior que Juan Murillo, e não teremos paz nesta vida enquanto suas vítimas ainda clamarem por vingança.

– Não tenho dúvida de que ele é como diz – comentou Holmes. – Ouvi falar que ele era cruel. Mas como isso a afetou?

– Contarei toda a minha história. A política desse vilão era matar, com uma desculpa ou outra, todos os homens que mostrassem que um dia poderiam se tornar um rival perigoso para ele. Meu marido... Sim, meu nome verdadeiro é *Signora* Victor Durando... Meu marido foi ministro de San Pedro em Londres. Ele me conheceu e se casou comigo lá. O homem mais nobre que já pisou na Terra. Infelizmente, Murillo ouviu falar do excelente trabalho que ele estava fazendo e então o chamou com um pretexto falso e o matou. Com a premonição de que esse seria seu destino, meu marido se recusou a me levar com ele. Seus bens foram confiscados e eu fiquei com uma ninharia e um coração partido.

"Então veio a queda do tirano. Ele fugiu como vocês descreveram. Mas muitos daqueles cuja vida ele destruiu, cujos entes queridos e amados sofreram torturas e morte nas suas mãos, não conseguiriam deixar a questão ser esquecida. Eles fundaram uma sociedade que nunca será desfeita até que a missão seja cumprida. A minha missão, depois que descobri que Henderson era o déspota arruinado, era me inserir na criadagem e manter os outros a par dos movimentos dele. Consegui fazer isso como governanta da família. Mal sabia ele que a mulher que o olhava durante todas as refeições era a mesma mulher cujo marido ele enviara para a vida eterna. Eu sorria para ele, cumpria minhas obrigações com as filhas dele e esperava o momento certo. Foi feita uma tentativa em Paris, mas fracassamos. Viajamos por toda a Europa depois disso para despistar os perseguidores e, finalmente, voltamos a esta casa, que ele comprara assim que chegou à Inglaterra.

"Mas aqui também estavam os representantes da justiça, esperando. Sabendo que ele voltaria para cá, Garcia, que era filho de um grande dignitário em San Pedro, estava esperando com dois companheiros de confiança e de origem mais humilde, todos inflamados com o mesmo desejo de vingança. Ele podia fazer pouca coisa durante o dia, pois Murillo tomava todas as precauções de nunca sair sozinho e sempre levava consigo seu segurança Lucas, ou Lopez, como era conhecido na época de seu apogeu. À noite, porém, ele dormia sozinho, e a vingança poderia encontrá-lo. Em determinada noite, que tinha sido combinada de antemão, enviei ao meu amigo as instruções finais, pois o homem estava sempre alerta e sempre trocava de quarto. Eu deveria deixar as portas abertas e fazer sinais com uma luz verde ou branca em uma janela com vista para a alameda de entrada, indicando se era seguro tentar alguma coisa ou se seria melhor esperar.

"Mas tudo deu errado naquela noite. Na minha animação, acabei despertando a desconfiança de Lopez, o secretário. Ele me pegou em flagrante quando eu estava acabando de escrever o bilhete. Ele e o patrão me arrastaram até o meu quarto e então me julgaram e me condenaram como traidora. Eles teriam me matado ali mesmo se tivessem concebido uma forma de escapar do crime. Por fim, depois de muitas conversas, concluíram que meu assassinato seria muito perigoso. No entanto, decidiram se livrar de Garcia para sempre. Eles me amordaçaram, e Murillo torceu meu braço até que eu lhe desse o endereço. Juro que eu o teria deixado arrancá-lo se soubesse o que ele iria fazer com Garcia. Lopez endereçou o bilhete que eu tinha escrito, lacrou com sua abotoadura e o enviou para ser entregue em mão pelo criado José. Não sei como Garcia foi assassinado, mas sei que foi a mão de Murillo que o derrubou, pois Lopez permaneceu em casa para me vigiar. Acredito que devem tê-lo esperado no matagal que a trilha atravessa e o atingiram enquanto passava. Primeiro, eles tinham cogitado deixar que ele entrasse na casa para o matar como se fosse um ladrão pego em flagrante, mas discutiram que talvez um inquérito pudesse trazer à luz a verdadeira identidade deles, o que poderia levar a novos ataques. Com a morte de Garcia, a perseguição poderia acabar, uma vez que tal morte talvez assustasse outros que tinham a mesma missão.

"Tudo estaria muito bem, não fosse por meu conhecimento do que tinham feito. Não tenho dúvida de que houve momentos em que minha vida esteve na corda bamba. Fui confinada no meu quarto, aterrorizada pelas mais horríveis ameaças, cruelmente usadas para abater meu espírito – vejam essa punhalada no meu ombro e os machucados nos meus braços – e fui amordaçada depois de uma tentativa de pedir socorro pela janela. Por cinco dias, continuou essa prisão cruel, sem comida suficiente para nutrir meu corpo e minha alma. Esta tarde, serviram-me um bom almoço, mas assim que o comi eu soube que tinha sido drogada. Numa espécie de sonho, eu me lembro de ter sido meio que levada, meio que carregada para uma carruagem. No mesmo estado, me colocaram no trem. Mas foi só quando as rodas começaram a se mover que eu percebi que minha liberdade estava nas minhas próprias mãos. Consegui saltar e eles tentaram me puxar de volta. Não fosse pela ajuda desse bom homem que me levou até o cabriolé, eu jamais teria conseguido. Agora, graças a Deus, estou longe do poder deles para sempre."

Todos nós ouvimos atentamente aquele depoimento notável. Foi Holmes que quebrou o silêncio.

– Nossas dificuldades ainda não acabaram – comentou ele, meneando a cabeça. – O trabalho policial acaba aqui, mas o jurídico só está começando.

– Exatamente – disse eu. – Um advogado razoável pode muito bem transformar isso em um caso de legítima defesa. Existem centenas de crimes antigos, mas só este pode ser julgado.

– Vamos, vamos – disse Baynes, animado. – Acho que a justiça é melhor do que isso. Legítima defesa é uma coisa. Atrair um homem a sangue frio com a intenção de assassiná-lo é outra completamente diferente, seja lá qual for o medo que ele lhe desperta. Não, não, todos nós vamos ficar felizes quando virmos os moradores de High Gable na próxima sessão do tribunal do júri em Guildford.

É uma questão de história, porém, que ainda levasse algum tempo até que o Tigre de San Pedro encontrasse seus executores. Com perspicácia e coragem, ele e seu companheiro despistaram seu perseguidor entrando em uma pensão na Edmonton Street e saindo pela porta dos fundos na Curzon Square. Depois desse dia, não foram mais vistos na Inglaterra. Seis meses mais tarde, o marquês de Montalva e o *Signor* Rulli, seu secretário, foram ambos assassinados em seus respectivos aposentos, no Hotel Escurial, em Madri. O crime foi atribuído ao niilismo e os assassinos nunca foram presos. O inspetor Baynes nos visitou em Baker Street com um retrato falado do secretário moreno e dos traços autoritários de olhos negros magnéticos e sobrancelhas espessas do seu chefe. Sem dúvida que a justiça tinha sido feita, mesmo que com atraso.

– Um caso caótico, meu caro Watson – disse Holmes naquela noite, fumando um charuto. – Não seria possível para você apresentá-lo daquela forma compacta de que você tanto gosta. A história cobre dois continentes, envolve dois grupos de pessoas misteriosas e se complica ainda mais pela presença altamente respeitável do nosso amigo Scott Eccles, cuja inclusão me mostra que o falecido Garcia tinha uma mente afiada e um instinto de autopreservação bem desenvolvido. É notável apenas pelo fato de que, entre diversas possibilidades, nós, com nosso valoroso colaborador, o inspetor, conseguimos nos ater aos elementos essenciais e nos manter no caminho certo. Há algum ponto que não está claro para você?

– O objetivo do retorno do cozinheiro.

– Creio que aquela estranha criatura encontrada na cozinha possa explicar isso. O homem era originário das florestas de San Pedro e aquilo era seu fetiche. Quando seu companheiro e ele fugiram para o esconderijo preparado, e já ocupado, sem dúvida, por um comparsa, seu companheiro deve tê-lo persuadido a deixar para trás aquele artigo tão comprometedor. Mas o coração do cozinheiro não aceitou separar-se do objeto e ele acabou voltando no dia seguinte, quando, ao tentar entrar pela janela, se deparou com o policial Walters de vigia. Ele esperou mais três dias e então sua devoção ou superstição o fez agir novamente. O inspetor Baynes, com sua perspicácia usual, minimizara o incidente na minha frente, mas, na verdade, tinha reconhecido a importância dele e deixara uma armadilha para o homem. Algum outro ponto, Watson?

– O pássaro cortado, o balde de sangue e os ossos queimados. Todo aquele mistério na cozinha estranha.

Holmes sorriu e consultou uma anotação no seu caderno.

– Passei uma manhã no Museu Britânico lendo sobre esse ponto. Aqui está uma citação do livro *O voduísmo e as religiões dos povos negros*, de Eckermann.

"O verdadeiro adorador de vodu não realiza nada de importante sem fazer certos sacrifícios para aplacar seus deuses impuros. Em casos extremos, esses ritos tomam a forma de sacrifícios humanos seguidos de canibalismo. As vítimas mais usuais são o galo branco, que é esquartejado vivo, ou um bode preto, cuja garganta é cortada e o corpo, queimado".

– Como pode ver, o cozinheiro era muito ortodoxo no seu ritual. É grotesco, Watson – acrescentou ele, enquanto fechava o caderno. – Mas, como já tive chance de comentar, há apenas um passo entre o grotesco e o horrível.

Capítulo 2

• A AVENTURA DOS PLANOS DO BRUCE-PARTINGTON •

TRADUÇÃO: GABRIELA PERES GOMES

Na terceira semana de novembro, no ano de 1895, uma névoa densa e amarelada recobriu Londres. De segunda a quinta-feira, creio que não tenha sido possível, de nossas janelas em Baker Street, sequer distinguir o contorno das casas à frente. Holmes havia passado o primeiro dia indexando seu enorme livro de referências. No segundo e no terceiro dia, ocupara-se pacientemente com um assunto que recentemente transformara em *hobby* – a música medieval. Mas quando, pela quarta vez, depois de afastarmos nossas cadeiras ao fim do desjejum, vimos que o redemoinho gordurento e amarronzado ainda se espalhava à nossa frente, condensando-se em gotas oleosas nas vidraças, a natureza impaciente de meu camarada não pôde mais suportar aquela existência monótona. Passou a caminhar com inquietação por nossa sala de estar, em um estado febril de energia reprimida, roendo as unhas e dando tapinhas nos móveis, exasperado com a inércia.

— Nada de interesse no jornal, Watson? — perguntou ele.

Eu sabia que por alguma coisa de interesse Holmes estava se referindo a qualquer coisa de interesse criminal. Havia notícias de uma revolução, de uma possível guerra e de uma mudança iminente de governo, mas tais assuntos não assomavam no horizonte de meu companheiro. Não vi nenhuma notícia no âmbito criminal que não fosse trivial ou sem importância. Holmes soltou uma lamúria e voltou a ziguezaguear com inquietação.

— Não há dúvida de que o criminoso londrino é um sujeito estúpido — disse ele, com a voz queixosa do esportista que perdeu o jogo. — Olhe por esta janela, Watson. Observe como as figuras assomam, ficam vagamente visíveis e, em seguida, tornam a desaparecer em meio à névoa. O ladrão ou assassino poderia vagar por Londres em um dia como este feito um tigre na selva, invisível até dar o bote e então só distinguível por sua própria vítima.

— Há muitos pequenos furtos acontecendo — comentei.

Holmes bufou com desdém.

— Este palco grandioso e sombrio está montado para algo mais digno de nota — declarou. — É uma sorte para esta comunidade que eu não seja um criminoso.

— É mesmo! — respondi com sinceridade.

— Suponha que eu fosse Brooks, ou Woodhouse, ou qualquer um dos cinquenta homens que têm bons motivos para tirar a minha vida. Por quanto tempo eu conseguiria sobreviver à minha própria perseguição? Um chamado, um compromisso fictício e tudo estaria acabado. Ainda bem que não há dias repletos de névoa nos países latinos, os países do assassinato. Bom Deus! Lá vem alguma coisa para finalmente quebrar nossa mortal monotonia.

Era a criada com um telegrama. Holmes abriu-o e caiu na gargalhada.

— Ora, ora! Quem diria! — exclamou ele. — Meu irmão Mycroft está vindo para cá.

– E por que não? – perguntei.

– O que tem de mais? É como se você encontrasse um bonde descendo por uma estradinha rural. Mycroft tem seus próprios trilhos e só se move neles. Sua residência em Pall Mall, o Diogenes Club, Whitehall... esse é o ciclo dele. Esteve aqui uma vez, e apenas uma. Que perturbação pode tê-lo descarrilado?

– Ele não explicou?

Holmes me entregou o telegrama do irmão.

Preciso vê-lo a respeito de Cadogan West. Estou a caminho.
MYCROFT

– Cadogan West? Já ouvi esse nome.

– A mim não me lembra nada. Mas Mycroft irromper dessa maneira errática! É como se um planeta saísse de órbita. A propósito, você sabe o que Mycroft é?

Eu tinha uma vaga lembrança de uma explicação, na época da aventura do intérprete grego.

– Você me disse que ele tinha um pequeno cargo no governo britânico.

Holmes soltou uma risadinha.

– Eu não conhecia você muito bem naquela época. É preciso ser discreto ao falar sobre assuntos importantes de Estado. Você tem razão em pensar que ele trabalha para o governo britânico. Mas também teria razão, de certo modo, se dissesse que vez ou outra ele *é* o governo britânico.

– Meu caro Holmes!

– Imaginei que ficaria surpreso. Mycroft ganha quatrocentas e cinquenta libras por ano, continua sendo um subordinado, não tem nenhum tipo de ambição, não receberá honrarias nem títulos, e ainda assim é o homem mais indispensável deste país.

– Mas como?

– Bem, a posição de Mycroft é única. Ele a criou para si mesmo. Nunca houve nada parecido antes, nem haverá no futuro. Nenhum homem tem um cérebro tão organizado e metódico e com tamanha capacidade de armazenar fatos quanto ele. Os mesmos grandes poderes que dediquei a detectar crimes ele empregou para essa ocupação específica. As conclusões de cada departamento passam por Mycroft, e ele é a central de câmbio, a câmara de compensação que faz o balanço. Todos os outros homens são especialistas, mas a especialidade dele é a onisciência. Vamos supor que um ministro precise de informações a respeito de um assunto que envolva a Marinha, a Índia, o Canadá e a questão bimetálica; tal ministro poderia obter informações separadas de vários departamentos sobre cada uma dessas coisas, mas apenas Mycroft é capaz de enfocar todas elas e dizer de imediato como cada aspecto afetaria o outro. Eles começaram usando-o como um atalho, uma conveniência; agora ele se tornou essencial. Naquele seu grande cérebro, tudo tem seu devido compartimento e pode ser acessado em um instante. Sua palavra decidiu a política nacional mais de uma vez. Ele vive para isso. Não pensa em mais nada, exceto quando, como um exercício intelectual, ele se distrai se eu o chamo e lhe peço conselhos sobre um de meus pequenos problemas. Mas hoje é como se Júpiter estivesse descendo dos céus. Que diabos isso pode significar? Quem é Cadogan West e o que ele representa para Mycroft?

– Eu sei! – exclamei e mergulhei entre a pilha de jornais no sofá. – Sim, isso mesmo, aqui está ele, com certeza! Cadogan West era o rapaz que foi encontrado morto no metrô, terça-feira de manhã.

Holmes se empertigou, atento, o cachimbo a meio caminho dos lábios.

– Isso deve ser sério, Watson. Uma morte que causou uma mudança nos hábitos de meu irmão não pode ser comum. Que diabos ele pode ter a ver com isso? Pelo que me lembro, o caso não tinha nada de especial. Ao que tudo indicava, o rapaz caíra do vagão e morrera. Não havia sido roubado nem havia nenhuma razão especial para suspeitar de violência. Não foi isso?

– Houve um inquérito – respondi –, e muitos novos fatos vieram à tona. Observando-o mais atentamente, eu certamente diria que foi um caso curioso.

– A julgar pelo efeito que teve sobre meu irmão, eu devo imaginar que é um caso extraordinário. – Ele se aninhou em sua poltrona. – Agora, Watson, vamos aos fatos.

– O homem se chamava Arthur Cadogan West. Tinha 27 anos, era solteiro e trabalhava como escriturário no Arsenal de Woolwich.

– Funcionário do governo. Veja a ligação com meu irmão Mycroft!

– Ele saiu de Woolwich repentinamente na noite de segunda-feira. A última pessoa a vê-lo foi a noiva, senhorita Violet Westbury, a quem deixou de forma abrupta em meio ao nevoeiro por volta das sete e meia daquela noite. Não houve briga entre eles e a moça não sabe qual poderia ter sido a motivação por trás daquele gesto. Depois disso, só se teve notícia dele quando seu cadáver foi descoberto por um guarda-linha chamado Mason, bem na saída da Estação de Aldgate, no sistema de metrô de Londres.

– Quando?

– O corpo foi encontrado às seis horas da manhã de terça-feira. Estava estirado longe dos trilhos, do lado esquerdo da linha que vai para leste, em um ponto próximo da estação, logo na saída do túnel. A cabeça havia sido esmagada, o que poderia muito bem ter sido causado pela queda do trem. O corpo só poderia ter ido parar na linha desse modo. Se tivesse sido levado de qualquer rua nos arredores, antes precisaria ter passado pelas cancelas da estação, onde há sempre um funcionário. Esse ponto parece absolutamente certo.

– Excelente. O caso é bastante nítido. O homem, vivo ou morto, caiu ou foi empurrado de um trem. Até aqui, tudo está claro para mim. Continue.

— Os trens que passam pelos trilhos ao lado dos quais o corpo foi encontrado são aqueles que vão de oeste para leste, alguns unicamente metropolitanos e outros vindos de Willesden e de entroncamentos periféricos. Pode-se afirmar com certeza que esse rapaz, quando encontrou a morte, viajava nessa direção em uma hora tardia da noite, mas é impossível dizer em que ponto embarcou no trem.

— O bilhete dele, é claro, mostraria isso.

— Não havia bilhete em seus bolsos.

— Sem bilhete! Por Deus, Watson, isso é realmente muito singular. De acordo com a minha experiência, não é possível chegar à plataforma de um trem metropolitano sem exibir um bilhete. Presumivelmente, portanto, o jovem tinha um. Teria sido tirado dele para ocultar a estação de onde vinha? É possível. Ou ele o teria deixado cair no vagão? Isso também é possível. Mas é um ponto de curioso interesse. Pelo que entendi, não havia nenhum sinal de roubo, não é?

— Aparentemente não. Aqui há uma lista de seus pertences. Havia duas libras e quinze xelins em sua carteira. Ele tinha também um talão de cheques da agência de Woolwich do Capital & Counties Bank. Foi por meio disso que estabeleceram a identidade dele. Havia também dois ingressos para o primeiro balcão do Woolwich Theatre para aquela mesma noite. Além disso, havia um pacotinho de documentos técnicos.

Holmes soltou uma exclamação satisfeita.

— Aí está, Watson! Finalmente! Governo britânico, Arsenal de Woolwich, documentos técnicos, meu irmão Mycroft... a cadeia está completa. Mas aí vem ele, se não me engano, para falar por si mesmo.

Um momento depois, a figura alta e corpulenta de Mycroft Holmes adentrou a sala. De constituição pesada e robusta, havia uma sugestão de grosseira inércia física na figura, mas acima daquela estrutura desajeitada empoleirava-se uma cabeça tão magistral em sua fronte, tão alerta em seus olhos profundos e cinzentos como aço, tão firme em seus lábios e tão sutil em seu jogo fisionômico que, após a primeira olhada, esquecia-se do corpo robusto e se observava apenas a mente dominante.

Em seus calcanhares veio nosso velho amigo Lestrade, da Scotland Yard, magro e austero. A gravidade do rosto de ambos anunciava alguma missão de peso. O detetive trocou apertos de mão sem dizer uma palavra. Mycroft Holmes empenhou-se em tirar o sobretudo e afundou-se em uma poltrona.

– Um negócio extremamente enfadonho, Sherlock – disse ele. – Não gosto nem um pouco de mudar meus hábitos, mas aqueles que detêm o poder não aceitariam minha recusa. No estado atual do Sião, é muito inoportuno que eu esteja longe do escritório. Mas trata-se de uma crise real. Nunca vi o primeiro-ministro tão perturbado. Quanto ao Almirantado... estão agitados como uma colmeia lançada ao solo. Você leu sobre o caso?

– Acabamos de fazer isso. Que documentos técnicos eram aqueles?

– Ah, aí é que está! Felizmente isso ainda não foi divulgado. A imprensa ficaria alvoroçada se fosse. Os documentos que aquele pobre rapaz levava no bolso eram os planos do submarino *Bruce-Partington*.

Mycroft Holmes falava com uma solenidade que denotava a importância que atribuía ao assunto. Seu irmão e eu ficamos parados, esperando.

– Certamente já ouviram falar dele, não? Pensei que todo mundo já tinha ouvido falar dele.

– Apenas como um nome.

– Sua importância dificilmente pode ser exagerada. Tem sido o segredo guardado com maior zelo dentre todos os segredos do governo. Pode acreditar em mim quando digo que a guerra naval se torna impossível dentro do raio de operação de um *Bruce-Partington*. Dois anos atrás, uma soma muito vultosa foi subtraída de forma clandestina por meio do Projeto Orçamentário e gasta na aquisição do monopólio da invenção. Todos os esforços foram feitos para manter o sigilo. Os planos, que são extremamente complicados, abrangendo cerca de trinta patentes separadas, cada uma delas essencial para o funcionamento do todo, são mantidos em um cofre especial em um gabinete confidencial anexo ao Arsenal, com portas e janelas à prova de roubo. Os planos não deveriam sair do gabinete sob nenhuma circunstância concebível. Se o construtor-chefe da Marinha desejasse consultá-los, mesmo ele seria obrigado a ir ao gabinete de Woolwich para esse fim. E, no entanto, nós os encontramos nos bolsos de um escriturário subalterno que foi morto no coração de Londres. Do ponto de vista oficial, é simplesmente horrível.

– Mas vocês os recuperaram?

– Não, Sherlock, não! Essa é a questão. Não os recuperamos. Dez documentos foram tirados de Woolwich. Havia sete deles nos bolsos de Cadogan West. Os três mais essenciais sumiram, roubados, desaparecidos. Você precisa largar tudo, Sherlock. Esqueça seus costumeiros enigmazinhos policiais. É um problema internacional vital que você precisa resolver. Por que Cadogan West pegou os documentos, onde estão os que desapareceram, como ele morreu, como seu corpo foi parar no local em que foi encontrado, como o mal pode ser corrigido? Encontre uma resposta para todas essas perguntas e você terá prestado um bom serviço ao seu país.

– Por que você mesmo não resolve isso, Mycroft? Tem tanta capacidade quanto eu.

– Possivelmente, Sherlock. Mas é uma questão de conseguir detalhes. Dê-me seus detalhes e, de uma poltrona, lhe fornecerei uma excelente opinião de especialista. Mas correr de um lado para o outro, interrogar guardas ferroviários e me deitar de bruços com uma lupa em frente ao olho... esse não é meu *métier*. Não, você é o único homem capaz de elucidar essa questão. Se você tem algum desejo de ver seu nome na próxima lista de honrarias...

Meu amigo sorriu e meneou a cabeça.

– Eu jogo pelo jogo em si – declarou. – Mas o problema certamente apresenta alguns pontos interessantes e terei o maior prazer em investigá-lo. Mais alguns fatos, por favor.

– Anotei os mais essenciais nesta folha de papel, junto a alguns endereços que lhe serão úteis. O verdadeiro guardião oficial dos documentos é o famoso especialista do governo Sir James Walter, cujas condecorações e títulos preenchem duas linhas em um livro de referências. Ele trabalhou a vida toda nesse ramo, é um cavalheiro, um hóspede estimado nas casas mais nobres e, acima de tudo, um homem cujo patriotismo está acima de qualquer suspeita. Além dele, só mais uma pessoa tem a chave do cofre. Devo acrescentar que os documentos sem dúvida estavam no gabinete durante o horário comercial, na segunda-feira, e que Sir James partiu para Londres por volta das três horas, levando a sua chave consigo. No dia do incidente, ele passou a noite toda na casa do almirante Sinclair, em Barclay Square.

– Essa informação foi verificada?

– Foi. O irmão dele, o coronel Valentine Walter, corroborou sua partida de Woolwich, e o almirante Sinclair confirmou sua chegada a Londres. Sendo assim, Sir James não é mais um fator direto no problema.

– Quem era o outro homem que tinha uma chave?

– O escriturário-chefe e projetista, senhor Sidney Johnson. É um homem de quarenta anos, casado e com cinco filhos. É um sujeito calado e taciturno, mas, no geral, tem um excelente histórico no serviço público. Não é muito popular entre os colegas, mas trabalha com afinco. De acordo com seu próprio relato, corroborado apenas pelas palavras de sua esposa, ele passou toda a noite de segunda-feira em casa após sair do expediente, e sua chave nunca saiu da corrente do relógio em que está pendurada.

– Conte-nos sobre Cadogan West.

– Ele está no serviço público há dez anos e tem feito um bom trabalho. Tem fama de ser esquentado e impetuoso, mas era um sujeito direito e honesto. Não temos nada contra ele. Trabalhava junto de Sidney Johnson no escritório. Suas funções o colocavam em contato pessoal com os planos diariamente. Além dele, ninguém mais encostava nos papéis.

– Quem trancou os planos naquela noite?

– O escriturário-chefe, senhor Sidney Johnson.

– Bem, então está perfeitamente claro quem os tirou de lá. Na verdade, foram encontrados em posse desse escriturário subalterno, Cadogan West. Isso parece decisivo, não?

– De fato, Sherlock, mas ainda deixa muita coisa sem explicação. Em primeiro lugar, por que ele os pegou?

– Presumo que tinham algum valor, certo?

– Ele poderia ter conseguido milhares de libras por eles com muita facilidade.

– Você pode sugerir algum outro motivo que o teria impelido a levar os documentos para Londres, exceto vendê-los?

– Não, não posso.

– Sendo assim, devemos tomar isso como nossa hipótese de trabalho. O jovem West pegou os documentos. Mas só poderia ter feito isso se tivesse uma cópia da chave...

– Cópias de várias chaves. Ele teria que abrir o prédio e a sala.

– Então ele tinha várias cópias de chaves. Levou os documentos a Londres para vender o segredo, sem dúvida pretendendo guardá-los de volta no cofre na manhã seguinte, antes que dessem por falta deles. Enquanto estava em Londres nessa missão traiçoeira, ele encontrou seu fim.

– Como?

– Vamos supor que ele estivesse voltando para Woolwich quando foi morto e jogado para fora do vagão.

– Aldgate, onde o corpo foi encontrado, fica um tanto afastada da Estação de London Bridge, que o levaria até Woolwich.

– É possível imaginar muitas circunstâncias que poderiam tê-lo levado a passar da London Bridge. Poderia haver alguém no vagão, por exemplo, com quem ele travava uma conversa envolvente. Essa conversa resultou em uma cena violenta em que ele perdeu a vida. Possivelmente tentou sair do vagão, caiu nos trilhos e encontrou a morte. O outro fechou a porta. Havia uma névoa espessa e nada podia ser visto.

– Não é possível fornecer nenhuma explicação melhor nesse momento, dado o que sabemos até agora. Mas considere, Sherlock, quantas coisas você está deixando de fora. Vamos supor, para fins de argumentação, que o jovem Cadogan West *estivesse* determinado a levar esses documentos para Londres. Naturalmente teria marcado um encontro com o agente estrangeiro e mantido sua noite livre. Em vez disso, porém, comprou dois ingressos para o teatro, acompanhou a noiva até a metade do caminho para lá e, de repente, desapareceu.

– Foi tudo fachada – disse Lestrade, que ouvia a conversa com certa impaciência.

– Uma fachada muito singular. Esta é a objeção número 1. Agora a objeção número 2: vamos supor que ele chega a Londres e vê o agente estrangeiro. Ele precisa levar os documentos de volta antes do amanhecer ou vão dar por falta deles. Apanhara dez papéis. Apenas sete estavam em seu bolso. O que acontecera com os outros três? Ele certamente não os teria deixado por livre e espontânea vontade. Ademais, onde está a recompensa por sua traição? Teríamos esperado encontrar uma soma vultosa de dinheiro em seus bolsos.

– Parece-me perfeitamente claro – declarou Lestrade. – Não tenho nenhuma dúvida em relação ao que aconteceu. O sujeito pegou os documentos a fim de vendê-los. Encontrou-se com o agente. Não chegaram a um acordo quanto ao preço. Ele voltou para casa, mas o agente foi junto. No trem, o agente o assassinou, pegou os documentos mais importantes e jogou o cadáver para fora do vagão. Isso explicaria tudo, não?

– E por que ele não tinha um bilhete?

– O bilhete teria mostrado qual estação ficava mais próxima da casa do agente, o qual, portanto, ele o tirou do bolso do homem assassinado.

– Ótimo, Lestrade, muito bom – disse Holmes. – Sua teoria faz sentido. Mas, se isso for verdade, o caso está encerrado. Por um lado, o traidor está morto. Por outro, os planos do submarino *Bruce-Partington* provavelmente já estão no Continente a essa altura. O que nos resta fazer?

– Agir, Sherlock! Agir! – gritou Mycroft, pondo-se de pé. – Todos os meus instintos vão contra essa explicação. Use seus poderes! Vá até a cena do crime! Encontre-se com as pessoas envolvidas! Não deixe pedra sobre pedra! Em toda a sua carreira, você nunca teve uma oportunidade tão grande de servir ao seu país.

– Ora, pois bem! – disse Holmes, encolhendo os ombros. – Venha, Watson! E você, Lestrade, poderia por gentileza nos acompanhar por uma ou duas horas? Começaremos nossa investigação com uma visita à Estação de Aldgate. Adeus, Mycroft. Eu lhe enviarei um relatório antes do anoitecer, mas já quero adverti-lo de que não deve esperar grandes coisas.

Uma hora mais tarde, Holmes, Lestrade e eu estávamos nos trilhos do metrô no ponto em que saem do túnel, logo antes da Estação de Aldgate. Um cavalheiro cortês, idoso e de rosto corado representava a companhia ferroviária.

– O corpo do rapaz jazia bem ali – disse ele, indicando um local a cerca de um metro dos trilhos. – Não poderia ter caído de cima, pois essas, como vocês podem ver, são todas paredes-cegas. Portanto, só poderia ter caído de um trem, e esse trem, até onde sabemos, deve ter passado por volta da meia-noite de segunda-feira.

– Os vagões foram examinados em busca de algum sinal de violência?

– Não havia tais sinais e nenhum bilhete foi encontrado.

– Nenhum registro de alguma porta encontrada aberta?

– Não.

– Conseguimos alguns indícios novos esta manhã – informou Lestrade. – Um passageiro, que passou por Aldgate em um trem metropolitano comum, por volta das onze e quarenta da noite de segunda-feira, declarou ter ouvido um baque pesado, como o de um corpo atingindo os trilhos, pouco antes de o trem chegar à estação. Havia, no entanto, uma névoa densa e não conseguia se enxergar coisa alguma. Ele não relatou nada sobre isso no dia. Ora, qual é o problema, senhor Holmes?

Meu amigo estava parado, com o semblante contraído em uma expressão de intensa concentração, fitando os trilhos no ponto em que eles se curvavam para fora do túnel. Aldgate é um entroncamento e ali havia uma rede de agulhas ferroviárias. Seus olhos sequiosos e indagadores estavam fixos nelas, e vi em seu semblante alerta e atento aquele contrair de lábios, aquele tremor das narinas e o franzir das sobrancelhas espessas e tufadas que eu conhecia tão bem.

– Agulhas – murmurou ele. – As agulhas.

– O que é que há com elas? O que você quer dizer?

– Imagino que não exista uma grande quantidade de agulhas em um sistema como este, não é?

– Não, há muito poucas.

– E tem a curva, além disso. Agulhas e uma curva. Por Deus! Se fosse só isso.

– O que foi, senhor Holmes? Tem alguma pista?

– Uma ideia... um indício, nada mais. Mas o caso certamente fica cada vez mais interessante. Único, perfeitamente único, mas por que não? Não vejo nenhum indício de sangue nos trilhos.

– Não havia quase nenhum.

– Mas, pelo que entendi, foi um ferimento considerável.

– O osso foi esmagado, mas não houve grande lesão externa.

– E ainda assim seria de se esperar que houvesse algum sangramento. Eu poderia dar uma olhada no trem que levava o passageiro que ouviu o baque de algo caindo no nevoeiro?

– Receio que não, senhor Holmes. Os trem foi separado e os vagões foram redistribuídos.

– Posso lhe assegurar, senhor Holmes – começou Lestrade –, que todos os vagões foram examinados atentamente. Eu mesmo me encarreguei disso.

Uma das fraquezas mais óbvias do meu amigo era sua impaciência diante de inteligências menos aguçadas que a dele.

– É muito provável – declarou ele, virando-se de costas. – Acontece que não eram os vagões que eu desejava examinar. Watson, já fizemos tudo o que podíamos aqui. Não há mais necessidade de incomodá-lo, senhor Lestrade. Creio que nossas investigações devem nos levar agora a Woolwich.

Na London Bridge, Holmes escreveu um telegrama para o irmão, o qual me mostrou antes de despachar. Dizia o seguinte:

> *Vejo alguma luz na escuridão, mas ela ainda pode se dissipar. Nesse meio-tempo, envie por mensageiro a Baker Street, para aguardar o meu retorno, uma lista completa de todos os espiões estrangeiros ou agentes internacionais que se sabe que estão na Inglaterra, com endereços completos.*
>
> SHERLOCK

– Isso deve ser útil, Watson – comentou ele enquanto tomávamos nossos assentos no trem para Woolwich. – Certamente temos uma dívida para com Mycroft por nos ter apresentado o que promete ser um caso realmente extraordinário.

Seu semblante ansioso ainda exibia aquela expressão de energia intensa e nervosa, que me mostrava que alguma circunstância nova e sugestiva havia suscitado uma linha de pensamento estimulante. Observe um cão de caça com as orelhas caídas e a cauda baixa enquanto anda ocioso pelo canil e compare-o com o mesmo cão que, com olhos cintilantes e músculos retesados, corre atrás do rastro de uma presa; essa foi a mudança que sucedera a Holmes desde a manhã. Ele era um homem diferente daquela figura displicente e ociosa que, horas antes, trajando seu roupão cor de rato, perambulava com tanta inquietação por nossa sala envolta em névoa.

– Há material aqui. Há perspectivas – disse ele. – Fui de fato muito estúpido por não ter compreendido suas possibilidades.

– Mesmo agora elas são obscuras para mim.

— O fim é obscuro também para mim, mas tenho uma ideia que pode nos levar longe. O homem encontrou a morte em outro lugar, e seu corpo estava no *teto* do vagão.

— No teto!

— Extraordinário, não? Mas considere os fatos. Será que foi por coincidência que ele foi encontrado no mesmo local em que o trem solavanca e balança ao dar a volta nas agulhas? Não seria nesse exato lugar que um objeto que estivesse no teto cairia? As agulhas não afetariam nenhum objeto no interior do trem. Ou o corpo caiu do teto, ou ocorreu uma coincidência muito curiosa. Mas agora considere a questão do sangue. É claro que não haveria vestígios de sangue nos trilhos se o corpo tivesse sangrado em outro lugar. Cada fato é sugestivo por si mesmo. Juntos, eles têm uma força cumulativa.

— E também tem a questão do bilhete! — exclamei.

— Exatamente. Não conseguíamos explicar a ausência do bilhete. Isso explicaria. Tudo se encaixa.

— Mas, supondo que tenha sido assim, continuamos muito longe de desvendar o mistério da morte do sujeito. Na verdade, as coisas não se tornam mais simples, e sim mais estranhas.

— Talvez — respondeu Holmes, pensativo. — Talvez.

Ele recaiu em um devaneio silencioso, no qual permaneceu até que o trem vagaroso enfim parasse na estação de Woolwich. Ali ele chamou um cabriolé e tirou o papel de Mycroft do bolso.

— Temos uma boa rodada de visitas a fazer esta tarde — disse ele. — Acho que é Sir James Walter quem merece nossa atenção primeiro.

A casa do famoso funcionário era uma bela mansão com gramados verdes que se estendiam até o Rio Tâmisa. Quando chegamos lá, a névoa estava se dissipando e um sol tênue e pálido começava a despontar. Um mordomo atendeu ao nosso chamado.

— Sir James, senhor?! — perguntou ele com uma expressão solene.

— Sir James morreu esta manhã.

– Céus! – exclamou Holmes, perplexo. – Como ele morreu?

– Não prefere entrar, senhor, e conversar com o irmão dele, o coronel Valentine?

– Sim, é melhor fazermos isso.

Fomos conduzidos a uma sala de estar parcamente iluminada, onde um instante depois apareceu um homem de uns cinquenta anos, muito alto, bonito e de barba clara, o irmão mais novo do cientista morto. Seus olhos desvairados, as faces manchadas e os cabelos despenteados eram indícios claros do golpe repentino que recaíra sobre a família. Ele mal conseguia formular frases articuladas ao abordar o assunto.

– Foi esse escândalo horrível – declarou. – Meu irmão, Sir James, era um homem muito apegado à própria honra e não pôde sobreviver a tal acontecimento. Isso partiu seu coração. Ele sempre sentiu tanto orgulho da eficiência de seu departamento, e esse foi um golpe esmagador.

– Tínhamos esperanças de que ele pudesse nos fornecer algumas indicações capazes de nos ajudar a esclarecer o assunto.

– Eu lhes garanto que tudo era tão misterioso para ele quanto o é para os senhores e para todos nós. Ele já havia colocado todo o seu conhecimento à disposição da polícia. Naturalmente, ele não tinha a menor dúvida de que Cadogan West era o culpado. Mas todo o resto lhe parecia inconcebível.

– Você não poderia nos esclarecer nenhum ponto desse caso?

– Eu mesmo não sei de nada, exceto o que li e ouvi. Não tenho nenhuma intenção de ser descortês, mas deve compreender, senhor Holmes, que estamos muito perturbados no momento, e preciso lhe pedir para que apresse esta nossa conversa.

– Este realmente foi um desdobramento inesperado – disse meu amigo quando voltamos ao cabriolé. – Eu me pergunto se a morte foi natural ou se o pobre camarada se matou! Neste último caso, poderia isso ser considerado um sinal de autocensura pelo dever negligenciado? Devemos deixar essa pergunta para o futuro. Agora precisamos nos voltar para a família Cadogan West.

Uma casa pequena mas bem cuidada nos arredores da cidade abrigava a mãe enlutada. A velha senhora estava demasiado desolada pela dor para nos ser de alguma utilidade, mas ao seu lado estava uma jovem de feições pálidas que se apresentou como a senhorita Violet Westbury, noiva do homem morto e a última pessoa a vê-lo naquela noite fatal.

– Não tenho como explicar aquilo, senhor Holmes – disse ela. – Não preguei os olhos desde a tragédia, pensando, pensando, pensando, dia e noite, qual pode ser o verdadeiro significado disso. Arthur era o homem mais determinado, nobre e patriota do mundo. Ele teria preferido cortar fora a mão direita a vender um segredo de Estado que lhe fora confiado. Isso é absurdo, impossível, irracional para qualquer um que o conhecesse.

– Mas e os fatos, senhorita Westbury?

– Sim, sim. Admito que não posso explicá-los.

– Ele estava precisando de dinheiro?

– Não. Suas necessidades eram muito simples e seu salário, bastante generoso. Ele havia poupado algumas centenas de libras e íamos nos casar no Ano-Novo.

– Ele apresentou algum sinal de ânimos alterados? Vamos lá, senhorita Westbury, seja absolutamente franca conosco.

O olhar afiado de meu companheiro notara alguma mudança nos modos dela. A moça enrubesceu e hesitou.

– Sim – respondeu por fim. – Tive a impressão de que havia algo em sua mente.

– Fazia muito tempo?

– Só durante a última semana, mais ou menos. Ele estava pensativo e preocupado. Certa vez, eu o indaguei sobre isso. Ele admitiu que havia algo e que dizia respeito ao trabalho. "É sério demais para que eu comente sobre isso, mesmo com você", disse-me ele. Não consegui descobrir mais nada.

Holmes parecia sério.

– Continue, senhorita Westbury. Mesmo que seja algo que pareça ir contra ele, vá em frente. Não podemos saber a que isso pode levar.

– Realmente não tenho mais nada a dizer. Uma ou duas vezes tive a impressão de que ele estava prestes a me contar alguma coisa. Certa noite, ele me falou sobre a importância do segredo, e tenho algumas lembranças de que comentou que, sem dúvida, espiões estrangeiros pagariam uma grande soma para tê-lo.

O semblante de meu amigo tornou-se ainda mais sério.

– Mais alguma coisa?

– Ele disse que éramos desleixados nessas questões, que seria fácil para um traidor obter os planos.

– Foi apenas recentemente que ele teceu tais comentários?

– Sim, bem recentemente.

– Agora, conte-nos sobre aquela noite.

– Nós íamos ao teatro. A névoa estava tão densa que seria inútil tomar um cabriolé. Fomos andando e nosso caminho nos levou para perto do escritório. De repente, ele saiu correndo em meio ao nevoeiro.

– Sem dizer nada?

– Ele soltou uma exclamação, mas nada mais. Fiquei esperando, mas ele não voltou. Então fui caminhando para casa. Na manhã seguinte, depois que o escritório abriu, eles vieram fazer perguntas. Por volta do meio-dia, ficamos sabendo da terrível notícia. Ah, senhor Holmes, se pudesse ao menos... ao menos salvar a sua honra! Ela significava muito para ele!

Holmes meneou a cabeça tristemente.

– Venha, Watson – disse-me –, nossos caminhos se estendem para outras bandas. Nossa próxima parada deve ser o escritório de onde os documentos foram levados.

– A situação desse jovem já estava bem feia antes, mas nossas investigações a tornam ainda pior – comentou ele enquanto o cabriolé se afastava pesadamente. – Seu casamento iminente serve como motivação para o crime. Ele naturalmente queria dinheiro. A ideia já estava em sua cabeça, pois falou sobre ela. Quase tornou a moça cúmplice de sua traição, contando-lhe sobre seus planos. As coisas não estão nada boas.

– Mas o caráter certamente vale de alguma coisa, Holmes, não vale? E, ademais, por que ele deixaria a moça na rua e sairia correndo para cometer um crime?

– Exatamente! Com certeza existem algumas objeções. Mas eles vão ter de enfrentar circunstâncias tremendas.

O escriturário-chefe, senhor Sidney Johnson, nos recebeu no escritório e nos cumprimentou com aquele respeito que o cartão de visita de meu companheiro sempre impunha. Era um homem de meia-idade, magro e rude, e usava óculos; exibia um semblante abatido e as mãos tremiam por conta da tensão nervosa a que fora submetido.

– É grave, senhor Holmes, muito grave! O senhor já ficou sabendo da morte do chefe?

– Acabamos de sair da casa dele.

– Este lugar está desorganizado. O chefe morto, Cadogan West morto, nossos documentos roubados. Mesmo assim, quando fechamos nossa porta na segunda-feira à tarde, éramos um escritório tão eficiente quanto qualquer outro no serviço público. Meu Deus, como é terrível pensar nisso! Que West, entre todos os homens, seria capaz de fazer algo assim!

– Então o senhor tem certeza de que ele é culpado?

– Não vejo outra alternativa. E, no entanto, eu teria confiado nele como confio em mim mesmo.

– A que horas o escritório foi fechado na segunda-feira?

– Às cinco.

– Foi o senhor quem o fechou?

– Sou sempre o último a sair.

– Onde estavam os planos?

– No cofre. Eu mesmo os coloquei lá.

– Não há um vigia no prédio?

– Há, sim, mas ele tem outros departamentos para vigiar além deste. É um ex-soldado extremamente confiável. Ele não viu nada naquela noite, até porque a névoa estava muito densa.

– Suponha que Cadogan West desejasse entrar no prédio depois do expediente. Ele precisaria de três chaves para conseguir chegar até os documentos, não é?

– Sim, precisaria. A chave da porta externa, a chave do gabinete e a chave do cofre.

– Apenas Sir James Walter e você tinham essas chaves?

– Eu não tinha as chaves das portas, apenas a do cofre.

– Sir James era um homem metódico em seus hábitos?

– Sim, creio que era. Sei que, no que diz respeito àquelas três chaves, ele as mantinha no mesmo chaveiro. Eu as vi muitas vezes nele.

– E esse chaveiro ficava em posse dele quando ele ia para Londres?

– Era o que ele dizia.

– E sua chave sempre permaneceu com você?

– Sempre.

– Então West, caso seja o culpado, devia ter uma cópia. E, no entanto, nenhuma foi encontrada com ele. Outro ponto: se um funcionário deste escritório desejasse vender os planos, não seria mais simples copiar os documentos para si mesmo em vez de levar os originais, como de fato foi feito?

– Seria necessário um conhecimento técnico considerável para copiar os planos de uma forma eficaz.

– Mas suponho que tanto Sir James quanto você ou West tinham esse conhecimento técnico, não?

– Sem dúvida, mas imploro para que não tente me arrastar para essa história, senhor Holmes. De que adianta especularmos dessa forma se os planos originais na verdade foram encontrados com West?

– Bem, é realmente singular que ele tenha corrido o risco de levar os originais se poderia ter feito cópias com toda a segurança, o que também teria servido a seu propósito.

– Singular, sem dúvida, mas foi o que ele fez.

– A todo momento a investigação desse caso revela algo inexplicável. Há três documentos desaparecidos. Eles são, pelo que entendi, os mais importantes.

– Sim, é isso mesmo.

– Quer dizer que qualquer pessoa em posse desses três documentos, e não dos outros sete, poderia construir um submarino *Bruce-Partington*?

– Foi isso que relatei ao Almirantado. Mas hoje voltei a analisar os desenhos e já não tenho mais tanta certeza disso. As válvulas duplas com as fendas de ajuste automático estão desenhadas em um dos documentos recuperados. Os estrangeiros só conseguiriam fabricar o submarino depois que inventassem isso por si mesmos. Eles poderiam, é claro, superar essa dificuldade em breve.

– Mas os três desenhos desaparecidos são os mais importantes?

– Sem sombra de dúvida.

– Acho que, com a sua permissão, darei uma volta pelo recinto. Não me lembro de nenhuma outra pergunta que queira fazer.

Holmes examinou a fechadura do cofre, a porta do cômodo e, por fim, as venezianas de ferro da janela. Foi só quando estávamos no gramado, do lado de fora, que seu interesse foi fortemente despertado. Havia uma moita de loureiro na parte externa, junto à janela, e vários galhos apresentavam indícios de terem sido retorcidos ou quebrados. Ele os examinou cuidadosamente com sua lupa e depois analisou algumas marcas fracas e indistintas na terra em torno do arbusto. Por fim, pediu ao escriturário-chefe que fechasse as venezianas de ferro e me disse que elas não se fechavam por completo, o que permita que qualquer pessoa de fora pudesse ver o que se passava no interior do cômodo.

– Os vestígios estão arruinados por causa dos três dias de atraso. Podem significar alguma coisa ou nada. Bem, Watson, creio que Woolwich não pode mais nos ajudar. Nossa colheita não foi muito frutífera. Vamos ver se nos sairemos melhor em Londres.

Acrescentamos, contudo, mais um feixe à nossa colheita antes de deixarmos a Estação de Woolwich. O funcionário da bilheteria pôde nos afirmar com certeza que tinha visto Cadogan West, a quem ele conhecia de vista, na noite de segunda-feira, e que ele fora para Londres pelo trem das oito e quinze para a London Bridge. Ele estava sozinho e comprara uma passagem só de ida na terceira classe. Quando aconteceu, o funcionário ficou impressionado com os modos agitados e nervosos do rapaz. Estava tão trêmulo que mal conseguia pegar seu troco, e o funcionário tivera de ajudá-lo. Uma consulta à programação mostrou que o trem das oito e quinze seria o primeiro que West poderia ter pegado depois de ter deixado a noiva por volta das sete e meia.

– Vamos reconstituir seus passos, Watson – declarou Holmes, depois de meia hora de silêncio. – Creio que, em todas as investigações que realizamos juntos, nunca tivemos um caso tão difícil de compreender. Cada novo avanço que fazemos só serve para revelar um novo penhasco à frente. Ainda assim, certamente fizemos alguns progressos consideráveis.

"O resultado de nossas investigações em Woolwich foi, em sua maior parte, contra o jovem Cadogan West; mas os indícios na janela se prestariam a uma hipótese mais favorável a ele. Suponhamos, por exemplo, que ele tenha sido abordado por algum agente estrangeiro. Isso poderia ter sido feito sob promessas que o impediriam de falar sobre o assunto, e ainda assim teria afetado seus pensamentos na direção indicada pelos comentários que ele teceu à noiva. Muito bem. Suponhamos agora que, ao caminho do teatro com a moça, ele de repente, em meio ao nevoeiro, avistou esse mesmo agente seguindo em direção ao escritório. Ele era um homem impetuoso, que tomava decisões rápidas. Seu dever ficava acima de qualquer coisa. Seguiu o homem, chegou à janela, viu os documentos sendo levados e perseguiu o ladrão. Desse modo, superamos a objeção de que ninguém levaria os originais se pudesse fazer cópias. Esse forasteiro tinha que levar os originais. Até esse ponto, a hipótese se sustenta."

– E qual é o próximo passo?

– Depois topamos com dificuldades. Seria de se imaginar que, sob tais circunstâncias, o primeiro ato do jovem Cadogan West seria agarrar o patife e dar o alarme. Por que ele não fez isso? Poderia ter sido um funcionário superior quem pegou os documentos? Isso explicaria a conduta de West. Ou teria o ladrão sumido de vista em meio à névoa, fazendo com que West partisse imediatamente para Londres para tentar apanhá-lo em seus próprios aposentos, presumindo que soubesse onde ficavam? Deve ter sido uma situação muito urgente, visto que ele deixou a noiva sozinha em pleno nevoeiro e não fez nenhum esforço para se comunicar com ela. Nosso rastro perde a força nesse ponto e há uma grande lacuna entre essas duas hipóteses e o momento em que o corpo de West, com sete documentos no bolso, foi colocado sobre o teto de um trem do metrô. Meu instinto me conduz agora a trabalhar a partir da outra ponta. Se Mycroft nos forneceu a lista de endereços, poderemos encontrar nosso homem e seguir dois rastros em vez de um.

E certamente havia um bilhete à nossa espera em Baker Street. Um mensageiro do governo o levara o mais rápido possível. Holmes passou os olhos em seu conteúdo e o jogou para mim.

Há vários peixes pequenos, mas poucos que se envolveriam com um caso tão grandioso. Os únicos homens que vale a pena considerar são: Adolph Mayer, de Great George Street, número 13, Westminster; Louis La Rothière, de Campden Mansions, Notting Hill; e Hugo Oberstein, de Caulfield Gardens, número 13, Kensington. Sabe-se que este último estava na cidade na segunda-feira e agora os relatos dizem que foi embora. Fico satisfeito em saber que você viu alguma luz. O Gabinete aguarda o seu relatório final com extrema ansiedade. Representações urgentes chegaram das esferas mais elevadas. Toda a força do Estado lhe dará apoio, se você precisar.

MYCROFT

– Receio – disse Holmes, sorrindo – que nem mesmo todos os cavalos e todos os homens da rainha possam nos ajudar neste assunto. – Ele abrira seu grande mapa de Londres e se inclinava sequiosamente sobre ele. – Ora, ora – disse um pouco depois, com uma exclamação satisfeita. – As coisas finalmente estão melhorando para o nosso lado. Bem, Watson, acredito sinceramente que vamos ter sucesso, no fim das contas. – Ele me deu um tapinha no ombro com um súbito arroubo de bom humor. – Vou sair agora. É apenas um reconhecimento. Não farei nada muito importante sem meu leal camarada e biógrafo ao lado. Fique aqui. É bem provável que torne a me ver daqui a uma ou duas horas. Se o tempo demorar a passar, pegue papel e caneta e comece o seu relato sobre como salvamos o Estado.

Senti algum reflexo de seu júbilo em meu próprio ânimo, pois sabia muito bem que ele não se afastaria tanto de sua costumeira austeridade a menos que houvesse um bom motivo para isso. Esperei durante todas as primeiras horas daquela longa noite de novembro, impaciente por seu retorno. Por fim, pouco antes das nove, chegou um mensageiro com um recado:

Vou jantar no restaurante Goldini, na Gloucester Road, em Kensington. Por favor, venha se juntar a mim imediatamente. Traga consigo um pé-de-cabra, uma lanterna furta-fogo, um cinzel e um revólver.

S.H.

Eram aparatos consideráveis para um cidadão respeitável carregar pelas ruas escuras e enevoadas. Guardei-os discretamente no meu sobretudo e segui direto para o endereço fornecido. Lá avistei meu amigo sentado a uma mesinha redonda, perto da porta do espalhafatoso restaurante italiano.

– Você já comeu alguma coisa? Então me acompanhe em um café e em um curaçau. Experimente um dos charutos da casa. São menos venenosos do que se poderia esperar. Você trouxe as ferramentas?

– Elas estão aqui, no meu sobretudo.

– Excelente. Deixe-me mostrar-lhe um breve esboço do que fiz, com algumas indicações do que estamos prestes a fazer. Deve estar evidente para você agora, Watson, que o corpo daquele rapaz foi *colocado* sobre o teto do trem. Isso ficou claro desde o momento em que determinei que foi do teto, e não de um vagão, que ele caiu.

– Não poderia ter caído de uma ponte?

– Eu diria que é impossível. Se você examinar o teto dos vagões, verá que são ligeiramente abaulados e não há grades ao redor deles. Podemos dizer, então, que o jovem Cadogan West certamente foi colocado sobre um deles.

– Como ele poderia ter sido colocado lá?

– Essa era a pergunta que tínhamos de responder. Só há uma maneira possível. Você está ciente de que parte do trajeto do metrô ocorre fora de túneis em alguns pontos do West End. Tenho uma vaga lembrança de, ao passar por ali, ter visto vez ou outra janelas logo acima de minha cabeça. Agora, suponha que um trem parasse sob uma dessas janelas. Haveria alguma dificuldade em colocar um corpo sobre o teto?

– Parece muito improvável.

– Devemos recorrer ao velho axioma de que, quando todas as outras alternativas falham, o que resta, por mais improvável que pareça, deve ser a verdade. Aqui, todas as outras alternativas falharam. Quando descobri que o principal agente internacional, que acabara de deixar Londres, morava em uma fileira de casas adjacente ao metrô, fiquei tão satisfeito que você pareceu um pouco surpreso com a minha frivolidade repentina.

– Ah, então foi isso?

— Sim, foi isso. O senhor Hugo Oberstein, da Caulfield Gardens, número 13, havia se tornado meu objetivo. Comecei minha investigação na Estação de Gloucester Road, onde um funcionário muito prestativo me acompanhou ao longo dos trilhos e me permitiu comprovar que não apenas as janelas dos fundos da Caulfield Gardens dão para os trilhos como o fato ainda mais essencial de que, por conta da interseção de uma das ferrovias maiores, os trens do metrô frequentemente permanecem parados por alguns minutos naquele mesmo local.

— Esplêndido, Holmes! Você conseguiu!

— Por enquanto, Watson... por enquanto. Avançamos, mas o objetivo está longe de ser alcançado. Bem, depois de ver os fundos da Caulfield Gardens, visitei a parte da frente e constatei que o pássaro realmente alçara voo. É uma casa considerável, sem mobílias, pelo que pude averiguar, nos aposentos de cima. Oberstein morava ali com um único criado, provavelmente um aliado que gozava de toda a sua confiança. Devemos ter em mente que Oberstein foi ao Continente para se livrar de seu butim, mas não com qualquer ideia de fugir; pois ele não tinha razão para temer um mandado de busca, e a ideia de uma visita domiciliar de um amador certamente nunca lhe passou pela cabeça. É precisamente isso, no entanto, que estamos prestes a fazer.

— Não poderíamos conseguir um mandado e legalizar as coisas?

— Dificilmente conseguiríamos, com base nos indícios que temos.

— O que podemos esperar obter com isso?

— Não há como saber que tipo de correspondência pode haver por lá.

— Não gosto disso, Holmes.

— Meu caro amigo, você ficará de vigia na rua. Eu farei a parte criminosa. Não é hora de se preocupar com ninharias. Pense no bilhete de Mycroft, no Almirantado, no Gabinete, na nobre pessoa que espera por notícias. Temos que ir.

Minha resposta foi me levantar da mesa.

– Você está certo, Holmes. Temos que ir.

Ele se levantou de um salto e apertou minha mão.

– Eu sabia que você não desistiria no último momento – disse ele, e por um instante vi algo em seus olhos mais próximo da ternura do que qualquer outra coisa que já vira neles. No momento seguinte, ele voltara a ser o homem imperioso e prático de sempre.

– Fica a quase um quilômetro, mas não há pressa. Podemos ir caminhando – declarou. – Não deixe as ferramentas caírem, por favor. Sua prisão como um sujeito suspeito seria uma complicação realmente lamentável.

A Caulfield Gardens era uma daquelas fileiras de casas achatadas, com pilares e pórticos, que são um produto muito proeminente de meados da era vitoriana no West End de Londres. Na casa ao lado, parecia haver uma festa infantil, pois o burburinho alegre de vozes jovens e as notas de um piano ressoavam noite afora. A névoa ainda pairava sobre nós e nos acobertava com sua sombra amigável. Holmes acendera a lanterna e iluminava a porta grandiosa.

– Esta será uma tarefa complicada – disse ele. – A porta certamente está aferrolhada além de trancada. Seria mais fácil entrarmos pelo pátio. Há uma passagem em arco excelente lá embaixo, para o caso de algum policial excessivamente aplicado se intrometer. Dê-me uma mão, Watson, e farei o mesmo por você.

Um minuto depois, estávamos ambos no pátio. Mal havíamos adentrado a escuridão quando ouvimos os passos de um policial ressoando no nevoeiro. Quando seu ritmo moroso se afastou, Holmes se pôs a trabalhar na porta inferior. Eu o vi se curvar e puxá-la até que, com um estrondo forte, ela se abriu. Entramos em um corredor escuro, fechando a porta do pátio atrás de nós. Holmes seguiu à minha frente pela escada curva e sem carpete. Seu pequeno facho de luz amarela incidiu sobre uma janela baixa.

— Cá estamos, Watson. Deve ser esta.

Ele a abriu e, ao fazê-lo, ouvimos um murmúrio baixo e áspero, que continuou se elevando até se tornar o rugido alto de um trem que passava por nós na escuridão. Holmes iluminou o peitoril da janela. Estava coberto por uma camada espessa de fuligem das locomotivas que passavam, mas a superfície preta estava borrada e esfregada em alguns pontos.

— Dá para ver aqui onde eles pousaram o cadáver. Ora, Watson! O que é isto? Não pode haver dúvida de que é uma mancha de sangue.

— Ele apontava para uma leve descoloração no peitoril de madeira da janela. — Há outra aqui no degrau de pedra também. A demonstração está completa. Vamos ficar aqui até que um trem pare.

Não tivemos que esperar muito. O trem seguinte saiu rugindo do túnel como antes, mas diminuiu a velocidade ao ar livre e, então, com um rangido dos freios, parou bem abaixo de nós. Havia pouco mais de um metro do parapeito da janela até o teto dos vagões. Holmes fechou a janela com suavidade.

— Até agora nossas suspeitas foram confirmadas — declarou ele. — O que pensa disso, Watson?

— Uma obra-prima. Você nunca foi tão brilhante quanto agora.

— Não posso concordar com você nesse ponto. A partir do momento em que concebi a ideia de o cadáver estar sobre o teto de um vagão, que certamente não era das mais abstrusas, todo o resto foi inevitável. Se não fosse pelos graves interesses envolvidos, o caso até esse ponto seria insignificante. Nossas dificuldades ainda jazem à nossa frente. Mas talvez consigamos encontrar algo aqui que nos possa ser útil.

Subimos a escada da cozinha e entramos no conjunto de cômodos do andar superior. Um deles era uma sala de jantar, totalmente mobiliada e sem nada de interessante. O segundo era um quarto, que também não tinha nada de mais. O último cômodo parecia mais promissor e meu companheiro se pôs a examiná-lo sistematicamente. Estava apinhado de livros e papéis e era evidentemente usado como gabinete. De forma rápida e metódica, Holmes revirou o conteúdo gaveta após gaveta e armário após armário, mas nenhuma centelha de sucesso iluminou seu semblante austero. Passada uma hora, continuava no mesmo ponto em que começara.

– O patife ardiloso encobriu seus rastros – declarou ele. – Não deixou nada que o incriminasse. Sua correspondência condenável foi destruída ou tirada daqui. Isto aqui é a nossa última chance.

Era uma caixinha de estanho para guardar dinheiro que estava sobre a escrivaninha. Holmes a abriu com o cinzel. Havia vários rolos de papel em seu interior, todos cobertos de números e cálculos, sem nenhuma explicação para mostrar a que se referiam. As palavras recorrentes "pressão da água" e "pressão por polegada quadrada" sugeriam alguma possível relação com um submarino. Holmes jogou todos de lado com impaciência. Restava apenas um envelope contendo alguns pequenos recortes de jornal. Ele os derrubou sobre a mesa e de imediato vi em sua expressão sequiosa que suas esperanças haviam aumentado.

– O que é isto, Watson? Hein? O que é isto? O registro de uma série de mensagens vindas da seção de anúncios de um jornal. A coluna de conselhos do *Daily Telegraph*, a julgar pela impressão e pelo papel. Canto superior direito de uma página. Sem datas, mas as mensagens se organizam por si sós. Esta deve ser a primeira:

> *Esperava notícias antes. Condições aceitas. Envie mais informações para o endereço fornecido no cartão.*
>
> PIERROT

– Em seguida vem:

> *Muito complexo para descrever. Relatório completo se faz necessário. Coisas o aguardam quando as mercadorias forem entregues.*
>
> PIERROT

– E, depois disso:

Questão urgente. Oferta será retirada a menos que o contrato seja concluído. Marque um encontro por carta. Será confirmado por anúncio.

PIERROT

– E por último:

Segunda-feira à noite, depois das nove. Duas batidas. Apenas nós. Não seja tão desconfiado. Pagamento em dinheiro vivo quando as mercadorias forem entregues.

PIERROT

– Um registro bastante completo, Watson! Se ao menos pudéssemos chegar ao homem do outro lado!

Ele ficou sentado, perdido em pensamentos, tamborilando os dedos no tampo da escrivaninha. Enfim se levantou de um salto.

– Bem, talvez não seja tão difícil, no fim das contas. Não há mais nada a ser feito aqui, Watson. Acho que podemos ir até a redação do *Daily Telegraph* e assim encerrar um bom dia de trabalho.

No dia seguinte, depois do desjejum, Mycroft Holmes e Lestrade apareceram para o encontro marcado e Sherlock Holmes lhes contou sobre nossas investigações do dia anterior. O inspetor meneou a cabeça diante de nossa confissão de arrombamento.

– Não podemos fazer essas coisas na polícia, senhor Holmes – disse ele. – Não me admira que o senhor consiga resultados que estão além do nosso alcance. Mas um dia o senhor irá longe demais e se verá em apuros, assim como seu amigo.

– Pela Inglaterra, o lar e a beleza, hein, Watson? Mártires no altar de nosso país. Mas o que você acha disso, Mycroft?
– Excelente, Sherlock! Admirável! Mas o que você fará com isso?
Holmes apanhou o *Daily Telegraph* que estava sobre a mesa.
– Viu o anúncio de Pierrot hoje?
– O quê? Mais um?
– Sim, aqui está.

Hoje à noite. Mesmo horário. Mesmo lugar. Duas batidas. De extrema importância. Sua própria segurança em jogo.

PIERROT

– Por Deus! – exclamou Lestrade. – Se ele for, nós o apanharemos!
– Era o que eu tinha em mente quando o publiquei. Acho que, se vocês dois puderem nos acompanhar à Caulfield Gardens por volta das oito horas, talvez seja possível chegarmos um pouco mais perto de uma solução.

Uma das características mais notáveis de Sherlock Holmes era sua capacidade de controlar seu cérebro e conduzir todos os seus pensamentos para coisas mais leves sempre que se convencia de que não poderia mais continuar trabalhando de forma vantajosa. Lembro-me de que durante todo aquele dia memorável ele se perdeu em uma monografia que estava desenvolvendo sobre os motetos polifônicos de Lasso. Para mim, que não tinha a mesma capacidade de desprendimento, o dia parecia interminável. A grande importância nacional do assunto, o suspense nas altas esferas, a natureza direta do experimento que estávamos tentando empreender, a soma disso afetou meus nervos. Fui tomado por um alívio quando finalmente, depois de um jantar leve, partimos em nossa expedição. Conforme combinado, Lestrade e Mycroft nos encontraram em frente à Estação de Gloucester Road. A porta do pátio da casa de Oberstein tinha sido deixada aberta na noite anterior, mas, como Mycroft Holmes se recusou, de forma categórica e indignada, a escalar pelas grades, coube a mim entrar e abrir a porta do vestíbulo. Às nove horas, estávamos todos sentados no gabinete, aguardando pacientemente pelo nosso homem.

Uma hora se passou e depois mais outra. Quando soaram as onze horas, a batida cadenciada do grande relógio da igreja parecia soar como a marcha fúnebre de nossas esperanças. Lestrade e Mycroft estavam inquietos em suas cadeiras e conferiam seus relógios de trinta em trinta segundos. Holmes permanecia sentado, silencioso e sereno, as pálpebras semicerradas, mas todos os sentidos em alerta. Ele ergueu a cabeça com um sobressalto.

– Ele está chegando – declarou.

Percebeu-se um caminhar furtivo do outro lado da porta. Agora voltava. Ouvimos um som arrastado do lado de fora e, em seguida, duas batidas fortes com a aldrava. Holmes se pôs de pé, fazendo sinal para que permanecêssemos sentados. O vestíbulo era iluminado por um único ponto de luz. Holmes abriu a porta da frente e, quando uma figura escura passou por ela, ele a fechou e a trancou. "Por aqui!", nós o ouvimos dizer, e no instante seguinte o nosso homem estava diante de nós. Holmes o seguira de perto e, quando o homem se virou com um grito de surpresa e alarme, meu amigo o agarrou pelo colarinho e o jogou de volta para o interior do cômodo. Antes que nosso prisioneiro recuperasse o equilíbrio, a porta foi fechada e Holmes se postou de pé, as costas apoiadas contra ela. O homem fitou os arredores, cambaleou e caiu inconsciente no chão. Por conta do choque, seu chapéu de aba larga saiu voando de sua cabeça, o cachecol escorregou de seus lábios, e ali despontaram a barba longa e clara e os traços delicados e belos do coronel Valentine Walter.

Holmes soltou um assobio de surpresa.

– Pode me descrever como um burro desta vez, Watson – disse ele. – Este não era o pássaro que eu estava procurando.

– Quem é ele? – perguntou Mycroft com ansiedade.

– O irmão mais novo do falecido Sir James Walter, o chefe do Departamento de Submarinos. Sim, sim; estou entendendo o desenrolar do jogo. Ele está recobrando os sentidos. Acho que seria melhor se deixassem as perguntas por minha conta.

Tínhamos carregado o corpo prostrado até o sofá. Então nosso prisioneiro se sentou, fitou os arredores com uma expressão horrorizada e passou a mão pela testa, como se não acreditasse em seus próprios sentidos.

– O que é isto? – quis saber ele. – Eu vim aqui para ver o senhor Oberstein.

– Já sabemos de tudo, coronel Walter – declarou Holmes. – Como um cavalheiro inglês pôde agir dessa forma está além da minha compreensão. Mas estamos cientes de toda a sua correspondência e de sua relação com Oberstein. O mesmo pode ser dito quanto às circunstâncias relacionadas à morte do jovem Cadogan West. Deixe-me aconselhá-lo a ter ao menos o pequeno mérito de se arrepender e confessar, uma vez que ainda existem alguns detalhes que só podemos descobrir por meio de seus lábios.

O homem grunhiu e afundou o rosto nas mãos. Esperamos, mas ele permaneceu em silêncio.

– Posso lhe garantir – retomou Holmes – que todos os pontos essenciais já são de nosso conhecimento. Sabemos que o senhor precisava de dinheiro; que tirou o molde das chaves que seu irmão possuía; e que se correspondeu com Oberstein, que respondia às suas cartas por meio da coluna de anúncios do *Daily Telegraph*. Estamos cientes de que o senhor foi até o escritório em meio ao nevoeiro na segunda-feira à noite, mas foi visto e seguido pelo jovem Cadogan West, que provavelmente tinha algum motivo prévio para suspeitar do senhor. Ele viu o seu roubo, mas não podia dar o alarme, pois havia a possibilidade de que o senhor estivesse apenas levando os documentos para o seu irmão em Londres. Deixando para trás todos os seus assuntos pessoais, como bom cidadão que era, ele o seguiu de perto no nevoeiro, permanecendo nos seus calcanhares até que o senhor chegou a esta casa aqui. Então ele interveio, e foi nesse momento, coronel Walter, que o senhor acrescentou à traição o crime terrível de homicídio.

– Eu não fiz isso! Não fiz! Eu juro por Deus que não fiz isso! – gritou nosso miserável prisioneiro.

– Então conte-nos como Cadogan West encontrou seu fim antes que o senhor o colocasse no teto de um vagão de trem.

– Eu contarei. Juro que contarei. Eu fiz o resto. Confesso. Foi exatamente como o senhor disse. Uma dívida na Bolsa de Valores tinha que ser paga. Eu precisava muito do dinheiro. Oberstein me ofereceu cinco mil. Era para me salvar da ruína. Mas, quanto ao assassinato, sou tão inocente quanto o senhor.

– Então o que aconteceu?

– Ele já nutria algumas suspeitas antes e me seguiu, conforme o senhor descreveu. Só fui me dar conta disso quando já estava em frente à porta desta casa. O nevoeiro estava tão espesso que não se via nada em um raio de três metros. Eu tinha batido duas vezes e Oberstein viera me atender. O jovem correu até nós e perguntou o que pretendíamos fazer com os documentos. Oberstein tinha um porrete pequeno, que sempre trazia consigo. Quando West tentou entrar na casa à força, Oberstein desferiu uma porretada na cabeça do rapaz. Foi um golpe fatal. Cinco minutos depois, ele estava morto. Ficou estirado no vestíbulo e nós não sabíamos o que fazer. Então Oberstein teve uma ideia a respeito dos trens que paravam sob sua janela dos fundos. Mas antes ele analisou os documentos que eu trouxera. Disse que três deles eram essenciais e que ficariam em sua posse. "Você não pode ficar com eles", protestei. "Haverá uma confusão terrível em Woolwich se eles não forem devolvidos." Ao que ele respondeu: "Tenho que ficar com eles, pois são tão técnicos que é impossível fazer cópias no tempo que temos". Depois disso, eu insisti: "Mas todos eles devem ser devolvidos juntos esta noite". Ele pensou um pouco e berrou que encontrara uma solução. "Vou ficar com três deles", disse. "Os outros nós enfiaremos no bolso deste rapaz. Quando ele for encontrado, toda a responsabilidade certamente será imputada a ele." Eu não via outra saída, então fizemos como ele sugeriu. Esperamos meia hora na janela antes que um trem parasse. O nevoeiro estava tão denso que ocultava tudo, e não tivemos dificuldade em colocar o corpo de West sobre o vagão. O meu envolvimento no assunto se encerrou nesse ponto.

– E o seu irmão?

– Ele não disse nada, mas certa vez havia me flagrado com suas chaves e creio que ficou desconfiado. Vi a desconfiança em seus olhos. Como você sabe, ele nunca mais levantou a cabeça.

O silêncio invadiu o cômodo. Mycroft Holmes o quebrou.

– Você não poderia corrigir as coisas? Isso aliviaria sua consciência e, possivelmente, sua punição.

– Que coisas eu poderia corrigir?

– Onde está Oberstein com os documentos?

– Eu não sei.

– Ele não lhe deu nenhum endereço?

– Só me disse que cartas enviadas para o Hôtel du Louvre, em Paris, chegariam a ele.

– Então você ainda tem como corrigir o que fez – declarou Sherlock Holmes.

– Eu farei tudo o que puder. Não devo nem um pingo de benevolência a esse sujeito. Ele representou a minha ruína e a minha derrocada.

– Aqui tem papel e caneta. Sente-se a essa escrivaninha e escreva o que eu disser. Anote no envelope o endereço fornecido. Pois bem. Agora, vamos à carta:

Caro senhor,

Com relação à nossa transação, sem dúvida o senhor já deve ter notado que está faltando um detalhe essencial. Tenho um desenho que o tornará completo. Contudo, como isso me acarretou problemas adicionais, devo lhe pedir mais um adiantamento de quinhentas libras. Não o enviarei por correio, nem aceitarei qualquer coisa que não seja ouro ou cédulas. Eu iria ao seu encontro no exterior, mas, se eu saísse do país neste momento, poderia chamar a atenção. Sendo assim, espero encontrá-lo no salão de fumar do Charing Cross Hotel ao meio-dia de sábado. Lembre-se de que só aceitarei cédulas inglesas ou ouro.

– Isso basta. Ficarei muito surpreso se essa carta não fisgar o nosso homem.

E fisgou! É uma questão de história, aquela história secreta de uma nação que muitas vezes é mais insinuante e interessante do que suas crônicas públicas. Oberstein, ávido para completar o golpe de sua vida, mordeu a isca e foi condenado a quinze anos em uma prisão britânica. Em seu baú, foram encontrados os inestimáveis planos do *Bruce-Partington*, que ele havia posto a leilão em todos os centros navais da Europa.

O coronel Walter morreu na prisão quase ao fim do segundo ano de sua pena. Quanto a Holmes, voltou revigorado para a sua monografia sobre os motetos polifônicos de Lasso, que posteriormente foi impressa para circulação privada e é considerada pelos especialistas como a palavra definitiva acerca do assunto. Algumas semanas mais tarde, fiquei sabendo por acaso que meu amigo passou um dia em Windsor, de onde voltou com um extraordinário alfinete de gravata cravejado com uma esmeralda. Quando lhe perguntei se o havia comprado, ele respondeu que fora presente de uma certa dama generosa em cujo interesse ele tivera a sorte de cumprir uma pequena incumbência. Não disse mais nada; mas acho que eu poderia adivinhar o nome venerável daquela dama, e não tenho dúvida de que o alfinete de esmeralda sempre trará à mente de meu amigo a lembrança da aventura dos planos do *Bruce-Partington*.

Capítulo 3

• A AVENTURA DO PÉ-DE-DIABO •

TRADUÇÃO: MICHELE GERHARDT MACCULLOCH

Ao registrar, de vez em quando, algumas das curiosas experiências e interessantes lembranças que associo à minha íntima e duradoura amizade com o senhor Sherlock Holmes, tenho enfrentado continuamente as dificuldades que a aversão dele à publicidade me causam. Para seu espírito sombrio e cético, todo aplauso popular sempre foi repugnante, e nada o deixava mais satisfeito do que, ao final de um caso bem-sucedido, deixar toda a exposição para um funcionário ortodoxo e escutar com um sorriso debochado as congratulações dadas à pessoa errada. De fato, foi essa postura por parte do meu amigo, e certamente não a falta de material interessante, que fez com que eu publicasse tão poucos registros nos últimos anos. Minha participação em algumas de suas aventuras foram sempre um privilégio que me levou a ser discreto e reticente.

Foi, então, com considerável surpresa que, na última terça-feira, recebi um telegrama de Holmes, que ele era famoso por nunca escrever quando podia enviar um telegrama, com os seguintes termos:

"Por que não contar a eles sobre o terror da Cornualha, o caso mais estranho de que já cuidei?"

Não faço ideia do que fez com que essa lembrança ressurgisse em sua mente, ou do que o levou a desejar que eu a contasse; mas, antes que um telegrama cancelando o pedido chegasse, eu me apressei a procurar as anotações que me dariam os detalhes exatos sobre o caso para apresentar a minha narrativa aos leitores.

Foi na primavera de 1897 que a constituição de ferro de Holmes começou a mostrar alguns sintomas de que estava cedendo àquele trabalho constante, exigente e pesado, agravado, talvez, por imprudências ocasionais por parte dele. Em março daquele ano, o doutor Moore Agar, da Harley Street, cuja dramática apresentação a Holmes talvez eu conte um dia, deu ordens contundentes para que o famoso detetive particular deixasse todos os seus casos de lado e se dedicasse ao ócio completo se quisesse evitar um colapso total. O estado de saúde dele não era um assunto pelo qual ele demonstrasse qualquer interesse, pois seu desprendimento mental era absoluto, mas ele foi convencido, finalmente, sob a ameaça de ficar permanentemente impedido de trabalhar, a mudar totalmente de ares. Assim, foi no começo da primavera daquele ano que nós nos vimos juntos em um pequeno chalé perto de Poldhu Bay, na extremidade mais distante da Península da Cornualha.

Era um local singular e, de forma muito peculiar, combinava perfeitamente com o humor cruel do meu paciente. Das janelas da nossa casinha caiada, que ficava no alto de um promontório coberto de grama, tínhamos uma vista completa do sinistro semicírculo da Mounts Bay, aquela velha armadilha letal para veleiros, contornada por despenhadeiros negros e recifes cobertos por ondas em que inúmeros marinheiros encontraram seu fim. Com uma brisa vinda do norte, plácida e protegida, ela era um convite para barcos descansarem e se protegerem.

Então, vinha um redemoinho repentino, um vendaval violento do sudoeste, as âncoras soltas, a costa de sotavento e a última batalha nas ondas espumosas. Um marinheiro sábio se mantém bem longe daquele lugar maldito.

Em terra, nossas cercanias eram tão sombrias quanto o mar. Era um campo contínuo de charnecas, solitário e pardo, com algumas torres de igrejas para marcar a localização de alguma aldeia do mundo antigo. Em todas as direções nessas charnecas, havia vestígios de uma raça totalmente extinta que deixara como seu único registro estranhos monumentos de pedra, montes irregulares que continham as cinzas dos mortos e curiosas terraplenagens que sugeriam conflitos pré-históricos. O *glamour* e o mistério do lugar, com sua atmosfera sinistra de nação esquecida, atiçavam a imaginação do meu amigo, e ele passava horas fazendo longas caminhadas e meditações solitárias pelas charnecas. O antigo idioma da Cornualha também chamou sua atenção, e ele concebeu a ideia de que era parecido com o caldeu e em grande parte derivado dos mercadores fenícios. Ele havia recebido uma remessa de livros sobre filologia e estava se aquietando para desenvolver essa tese quando, de repente, para minha tristeza e deleite dele, vimo-nos, ainda que naquela terra de sonhos, mergulhados em um problema na nossa própria porta, o qual era mais intenso, mais absorvente e infinitamente mais misterioso do que aqueles que nos afastaram de Londres. Nossa vida simples e aquela rotina pacata e saudável sofreram uma interrupção violenta, e nós fomos levados para o meio de uma série de eventos que causaram a maior excitação não apenas na Cornualha, mas em todo o oeste da Inglaterra. Nenhum dos meus leitores deve ter alguma lembrança do que, na época, foi chamado de "O Terror da Cornualha", embora um relato muito malfeito sobre o assunto tenha chegado aos jornais de Londres. Agora, quase treze anos depois, vou revelar ao público os verdadeiros detalhes desse caso inconcebível.

Mencionei que torres espalhadas marcavam as aldeias que pontuavam essa parte da Cornualha. A mais próxima era o lugarejo de Tredannick Wollas, onde os casinhas dos duzentos habitantes se apinhavam em volta da antiga igreja, coberta por musgo. O vigário da paróquia, senhor Roundhay, era uma espécie de arqueólogo e, por isso, Holmes fizera amizade com ele. Era um homem de meia-idade, imponente e afável, com grande conhecimento sobre sabedoria popular. A convite dele, tomamos chá no vicariato e conhecemos também o senhor Mortimer Tregennis, um cavalheiro independente, que aumentava os escassos recursos do clérigo alugando quartos em sua casa grande e isolada. O vigário, sendo solteiro, ficou feliz com tal acordo, embora tivesse pouco em comum com seu inquilino, que era magro, moreno, usava óculos e com uma inclinação nos ombros que dava a impressão de ser uma deformidade física real. Lembro-me que, durante a curta visita, encontramos o vigário muito falante, enquanto seu inquilino se mantinha estranhamente reticente, o rosto triste, introspectivo e desviando os olhos aparentemente absorvido na própria vida.

Esses dois homens entraram abruptamente na nossa sala de estar na terça-feira, dia 16 de março, logo depois do café da manhã, enquanto fumávamos juntos, preparando-nos para nosso passeio diário pelas charnecas.

– Senhor Holmes – disse o vigário em um tom de voz agitado –, aconteceu algo extraordinário e trágico esta noite. Algo de que nunca se ouviu. Só podemos considerar como uma ação da Providência divina que o senhor esteja aqui neste momento, já que é exatamente o homem de que precisamos.

Encarei o vigário intrometido com olhos não muito simpáticos; mas Holmes tirou o cachimbo dos lábios e se endireitou na cadeira como um cão de caça ao escutar um assovio. Ele apontou para o sofá, e nosso visitante trêmulo e seu agitado companheiro se sentaram um ao lado do outro. O senhor Mortimer Tregennis estava mais contido do que o clérigo, mas a forma como mexia as mãos e o brilho dos seus olhos mostravam que eles compartilhavam a mesma emoção.

– Falo eu ou o senhor? – perguntou ele ao vigário.

– Bem, como o senhor parece ter feito a descoberta, o quer que ela seja, e o vigário só viu depois, talvez seja melhor que o senhor fale – disse Holmes.

Olhei para o clérigo que se vestira às pressas, com o inquilino formalmente vestido ao seu lado, e fiquei surpreso ao ver o que a simples dedução de Holmes fez com seus rostos.

– Talvez seja melhor que eu diga algumas palavras primeiro – interveio o vigário – e então o senhor resolve se quer ouvir os detalhes do senhor Tregennis ou se devemos nos apressar para a cena do caso misterioso. Devo explicar que nosso amigo aqui passou a noite na companhia de seus dois irmãos, Owen e George, e de sua irmã Brenda, na casa deles, em Tredannick Wartha, que fica perto da velha cruz de pedra nas charnecas. Ele os deixou pouco depois das dez jogando cartas na mesa de jantar, com ótima saúde e felizes. Esta manhã, sendo um madrugador, ele caminhou naquela direção antes do café da manhã e foi surpreendido pela carruagem do doutor Richards, o qual explicou que um chamado urgente o havia enviado para Tredannick Wartha. O senhor Mortimer Tregennis, naturalmente, foi junto com ele. Quando chegaram a Tredannick Wartha, encontraram as coisas em um estado assombroso. Os dois irmãos e a irmã dele continuavam sentados em volta da mesa exatamente como ele os deixara, as cartas ainda estavam espalhadas na frente deles e as velas tinham queimado até o final. A irmã estava recostada na cadeira, morta e dura como pedra, enquanto os dois irmãos, um de cada lado dela, riam, gritavam e cantavam, como se seus sentidos lhes tivessem sido tirado. Os três, a mulher morta e os dois homens dementes, retiveram em seus rostos uma expressão de extremo horror, uma convulsão de terror que era assustadora de se olhar. Não havia nenhum sinal da presença de qualquer outra pessoa na casa, exceto a senhora Porter, a velha cozinheira e empregada doméstica, que afirmou que dormiu profundamente e não ouviu coisa alguma durante a noite. Nada foi roubado nem tirado do lugar, e não existe nenhuma explicação para o que pode ter assustado a irmã a ponto de levá-la à morte e deixado os irmãos fora de seu juízo normal. Essa, em resumo, é a situação, senhor Holmes, e, se puder nos ajudar a esclarecer tudo, seremos muito gratos.

Eu tinha esperanças de que, de alguma forma, conseguisse persuadir meu amigo a voltar para a rotina tranquila, que era o objetivo da nossa viagem; mas, só de olhar para o rosto dele e para as sobrancelhas franzidas, percebi que minha expectativa era vã. Ele ficou sentado em silêncio por algum tempo, absorto no estranho drama que acabara com a nossa paz.

– Vou investigar esse caso – afirmou ele, finalmente. – Em um primeiro momento, parece ser de uma natureza excepcional. O senhor esteve lá, vigário?

– Não, senhor Holmes. O senhor Tregennis voltou para o vicariato contando sobre o ocorrido e, na mesma hora, vim correndo consultá-lo.

– A casa em que essa tragédia singular aconteceu é longe daqui?

– Aproximadamente um quilômetro e meio para o interior.

– Então, vamos caminhando juntos. Mas antes de sairmos preciso fazer algumas perguntas, senhor Mortimer Tregennis.

O outro ficara todo esse tempo em silêncio, mas eu observei que sua emoção controlada era ainda maior do que a agitação do clérigo. Ele continuou sentado, o rosto pálido e exaurido, os olhos ansiosos fixos em Holmes e as mãos magras entrelaçando-se convulsivamente. Os lábios sem cor tremiam enquanto escutava a terrível experiência que caíra sobre a sua família, e seus olhos escuros pareciam refletir um pouco do horror da cena.

– Pergunte o que quiser, senhor Holmes – disse ele, ansioso. – É muito ruim falar a respeito, mas responderei a verdade.

– Conte-me sobre ontem à noite.

– Bem, senhor Holmes, eu jantei lá, como o vigário disse, e meu irmão mais velho, George, propôs um carteado depois. Começamos a jogar às nove horas. Às dez e quinze, eu me levantei para ir embora. Deixei-os todos à mesa, felizes da vida.

– Quem o acompanhou até a porta?

– Como a senhora Porter já tinha ido para a cama, fui sozinho e fechei a porta ao sair. A janela da sala onde eles ficaram estava fechada, mas a cortina não estava puxada. Não havia nada diferente na porta nem na janela hoje de manhã ou qualquer outra razão para acreditar que algum estranho tenha entrado na casa. Ainda assim, eles estavam sentados lá, loucos de terror, e Brenda morta de tanto medo, com a cabeça pendurada sobre o braço da cadeira. Enquanto eu viver, nunca vou me esquecer da visão daquela sala.

– Os fatos são certamente notáveis – comentou Holmes. – Suponho que não tenha nenhuma teoria do que possa ter acontecido com eles.

– É diabólico, senhor Holmes, diabólico! – exclamou Mortimer Tregennis. – Não é desse mundo. Alguma coisa que entrou naquela sala tirou a razão da cabeça deles. Que invenção humana seria capaz de fazer aquilo?

– Infelizmente – disse Holmes –, se o caso for além da humanidade certamente estará além das minhas capacidades. No entanto, devemos esgotar todas as explicações naturais antes de acreditar em uma teoria como essa. Quanto a você, senhor Tregennis, suponho que estivesse de alguma forma afastado da sua família, considerando que eles moravam juntos e o senhor não.

– É verdade, senhor Holmes, mas isso são águas passadas. Éramos uma família de mineiros de estanho em Redruth, mas vendemos nosso negócio para uma empresa e nos aposentamos com o suficiente para nos manter. Não vou negar que houve algumas questões sobre a divisão do dinheiro, e isso atrapalhou nosso relacionamento por um tempo, mas já esquecemos e perdoamos tudo e voltamos a ser os melhores amigos.

– Lembrando-se da noite que passaram juntos, alguma coisa chama a sua atenção que pudesse jogar um pouco de luz sobre essa tragédia? Pense com cuidado em qualquer pista que possa me ajudar, senhor Tregennis.
– Não tem nada, senhor.
– Seus irmãos estavam com o humor normal?
– Como sempre.
– Eles eram pessoas nervosas? Mostravam algum tipo de apreensão por algum perigo iminente?
– Nada do tipo.
– Tem alguma coisa a acrescentar que pudesse me ajudar?
Mortimer Tregennis pensou seriamente por um momento.
– Uma coisa me ocorreu – disse ele finalmente. – Quando estávamos sentados à mesa ontem, eu estava de costas para a janela e meu irmão George, que era meu parceiro no jogo, estava de frente para ela. Em determinado momento, eu o vi olhando fixamente sobre o meu ombro e então me virei para olhar. A cortina estava aberta e a janela, fechada, mas eu conseguia ver os arbustos no jardim e por um instante, me pareceu que alguma coisa estava se movendo entre eles. Não consegui nem distinguir se era um animal ou um homem, mas achei que havia alguma coisa lá. Quando eu lhe perguntei para o que estava olhando, ele me disse que teve a mesma sensação. Só tenho isso para contar.
– O senhor não investigou?
– Não, o assunto foi esquecido.
– Quando o senhor os deixou, havia entre eles alguma premonição de que algo ruim poderia acontecer?
– De forma alguma
– Não compreendi como o senhor soube do ocorrido tão cedo hoje de manhã.
– Eu sempre acordo cedo e geralmente saio para caminhar antes do café. Hoje de manhã, eu tinha acabado de sair quando o médico passou por mim na sua carruagem. Ele me disse que a senhora Porter mandara

um menino entregar uma mensagem urgente. Sentei-me ao lado dele e seguimos. Quando chegamos lá, vimos a terrível cena na sala. As velas e a lareira deviam ter se apagado horas antes, e eles passaram a noite sentados ali no escuro até amanhecer. O médico disse que Brenda devia ter morrido, pelo menos seis horas antes. Não havia nenhum sinal de violência. Ela estava apenas caída sobre o braço da cadeira, com aquela expressão no rosto. George e Owen estavam cantando trechos de músicas e grunhindo coisas incompreensíveis como dois grandes macacos. Ah, foi terrível de se ver! Não suportei, e o médico ficou branco como uma vela. De fato, ele caiu em uma cadeira, meio desmaiado, e quase precisamos cuidar dele também.

– Impressionante, muito impressionante! – exclamou Holmes, levantando-se e pegando seu chapéu. – Acho que talvez seja melhor nos encaminharmos para Tredannick Wartha sem demora. Confesso que raramente vi um caso que, à primeira vista, apresentasse um problema tão singular.

Naquela primeira manhã, os nossos procedimentos ajudaram pouco no avanço da investigação. Ficaram marcados, entretanto, por um incidente que me deixou a mais sinistra impressão. O caminho para o local em que a tragédia ocorreu era uma vereda estreita e sinuosa. Enquanto nos aproximávamos, ouvimos o som de uma carruagem vindo na nossa direção e nos afastamos, dando espaço para ela passar. Quando cruzou conosco, olhei para dentro através da janela fechada e vislumbrei um rosto horrivelmente contorcido sorrindo para nós. Aqueles olhos fixos e dentes rangendo passaram por nós como uma visão assustadora.

– Meus irmãos! – exclamou Mortimer Tregennis, com os lábios pálidos. – Estão sendo levados para Helston.

Olhamos horrorizados para a carruagem preta seguindo pesadamente o seu caminho. Então, nós nos dirigimos para a mal-agourada casa onde eles tinham encontrado seu estranho destino.

Era uma moradia grande e clara, estando mais para uma vila do que para uma casa, com um jardim considerável, o qual, naquele ar da Cornualha, já estava cheio de flores da primavera. A janela da sala de estar tinha vista para esse jardim e dali, de acordo com Mortimer Tregennis, deve ter vindo aquela coisa do mal que, por puro horror, destruiu as mentes deles em um único instante. Holmes caminhou lenta e cuidadosamente entre os canteiros de flores e pelo caminho até entrarmos na varanda. Eu me lembro de que ele estava tão absorto em seus pensamentos que tropeçou no regador, derramando seu conteúdo e molhando nossos pés e o caminho. Dentro da casa, fomos recebidos pela velha empregada, a senhora Porter, que, com a ajuda de uma moça, cuidava das necessidades da família. Ela prontamente respondeu a todas as perguntas de Holmes. Não escutara nada na noite anterior. Seus patrões estavam todos bem-humorados nos últimos tempos, e ela nunca os vira mais felizes e prósperos. Ela havia desmaiado ao entrar na sala naquela manhã e ver a cena terrível em volta da mesa. Quando se recuperou, ela abrira a janela para deixar o ar matinal entrar e correra para a rua, onde pediu que um rapaz fosse buscar o médico. A morta estava na cama dela no andar de cima, se quiséssemos vê-la. Foram necessários quatro homens fortes para colocar os irmãos na carruagem do hospício. Ela própria não ficaria mais nenhum dia na casa e naquela mesma tarde iria juntar-se à sua família em St. Ives.

Subimos as escadas e vimos o corpo. A senhorita Brenda Tregennis havia sido uma bela moça, mas agora estava entrando na meia-idade. Seu rosto moreno, com um contorno bem definido, era bonito, mesmo morta, mas ainda havia ali algo da convulsão de horror que fora sua última emoção humana. Saímos do quarto dela e descemos para a sala de estar, onde a estranha tragédia ocorrera. As cinzas do fogo da noite estavam na lareira. Na mesa, viam-se as quatro velas consumidas e as cartas espalhadas por toda a sua superfície. As cadeiras tinham sido encostadas na parede, mas todo o resto estava como na noite anterior.

Holmes se movimentava com passos rápidos e leves pela sala; sentou-se em várias cadeiras, arrastando-as e depois reconstituindo suas posições. Observou quanto do jardim era visível; examinou o chão, o teto e a lareira; mas em nenhum momento vi aquele brilho repentino nos seus olhos nem o aperto nos lábios que me diriam que ele havia visto alguma luz nessa total escuridão.

– Por que o fogo estava aceso? – perguntou ele. – Eles sempre acendiam a lareira nesta sala pequena nas noites de primavera?

Mortimer Tregennis explicou que a noite estava fria e úmida. Por essa razão, depois que ele chegou, o fogo foi aceso.

– O que vai fazer agora, senhor Holmes? – perguntou ele.

Meu amigo sorriu e colocou a mão sobre o meu braço.

– Eu acho, Watson, que devo retomar aquele meu envenenamento por tabaco que você tanto condena, e com razão – disse ele. – Com sua permissão, cavalheiros, vamos voltar para o nosso chalé, pois tenho consciência de que nenhum novo fato vai aparecer para nós aqui. Vou repassar os fatos na minha cabeça, senhor Tregennis, e, se algo me ocorrer, entrarei em contato com o senhor e com o vigário. Enquanto isso, desejo-lhes um bom dia.

Muito tempo depois de chegarmos a Poldhu Cottage, Holmes quebrou seu completo e absoluto silêncio. Sentou-se encolhido em sua poltrona, o rosto abatido e ascético quase escondido por trás da fumaça azul de seu cachimbo, a testa franzida, os olhos fixos e distantes. Finalmente, ele soltou o cachimbo e ficou de pé.

– Assim não é possível, Watson! – disse ele, com uma risada. – Vamos caminhar juntos pelos penhascos e procurar flechas de sílex. É mais provável encontrá-las do que pistas para esse problema. Fazer o cérebro trabalhar sem material suficiente é como forçar um motor. Ele se quebra. Ar marítimo, sol e paciência, Watson, tudo isso vai ajudar.

– Agora, calmamente, vamos definir a nossa posição, Watson – prosseguiu ele, enquanto contornávamos os penhascos juntos. – Vamos nos apegar ao pouco que *realmente* sabemos, de forma que, quando fatos novos surgirem, estaremos prontos para encaixá-los no lugar. Presumo, em primeiro lugar, que nenhum de nós dois está preparado para admitir ações diabólicas nos assuntos humanos. Vamos começar tirando isso totalmente de nossas mentes. Muito bem. Existem três pessoas que foram gravemente abaladas por alguma ação humana consciente ou inconsciente. Isso é fato. Agora, quando aconteceu? É evidente que, supondo que a narrativa seja verdadeira, foi imediatamente depois de o senhor Mortimer Tregennis ir embora. Esse é um aspecto muito importante. A suposição é de que aconteceu poucos minutos depois. As cartas ainda estavam sobre a mesa. Já havia passado da hora em que eles costumavam ir para a cama. Ainda assim, não mudaram de posição nem afastaram suas cadeiras. Repito, então, que o acontecimento ocorreu logo após a saída dele, ou seja, não muito depois das onze horas da noite.

– Nosso próximo passo óbvio é verificar, da melhor forma que pudermos, os movimentos de Mortimer Tregennis depois de ter ido embora. Nisso, não há dificuldade, e eles parecem acima de qualquer suspeita. Conhecendo meus métodos como conhece, você, é claro, percebeu o expediente um tanto desajeitado do regador pelo qual consegui obter uma impressão mais clara da pegada dele do que obteria de outra forma. O caminho arenoso e molhado a formou de forma admirável. Ontem à noite, o chão também estava molhado, como você deve se lembrar, e não foi difícil, depois de conseguir uma amostra, distinguir a pegada dele entre as outras e seguir seus movimentos. Ele parece ter caminhado rapidamente na direção da casa do vigário.

– Se, então, Mortimer Tregennis desapareceu de cena, e alguma pessoa de fora afetou os jogadores de cartas, como podemos reconstruir essa pessoa e como ela criou tal impressão de horror? – prosseguiu Holmes.

– A senhora Porter pode ser excluída. É evidente que ela é inofensiva. Existe alguma evidência de que alguém pulou a janela do jardim e, de alguma maneira, produziu um efeito tão terrível que fez com que quem o assistiu perdesse a cabeça? A única sugestão nessa direção vem do próprio Mortimer Tregennis, que disse que o irmão comentou sobre algum movimento no jardim. Isso é digno de nota, já que a noite estava chuvosa, nublada e escura. Qualquer um que planejasse alarmá-los teria que colocar o próprio rosto contra o vidro para ser visto. Há um canteiro de cerca de um metro do lado de fora daquela janela, mas nenhuma pegada foi encontrada ali. É difícil imaginar, então, como alguém de fora poderia ter causado uma impressão tão terrível nos irmãos, e tampouco encontramos um motivo possível para um atentado tão estranho e elaborado. Percebe nossas dificuldades, Watson?

– Estão muito claras – respondi, com convicção.

– Ainda assim, com um pouco mais de material, poderíamos provar que elas não são intransponíveis – afirmou Holmes. – Acredito que entre seus extensos arquivos, Watson, você poderá encontrar algum que tenha sido tão obscuro. Enquanto isso, devemos deixar o caso de lado até que haja dados mais precisos disponíveis, e dedicar o restante de nossa manhã à busca de um homem neolítico.

Eu já devo ter comentado sobre o poder de desprendimento mental do meu amigo, mas nunca me questionei mais sobre isso do que naquela manhã de primavera na Cornualha, quando, por duas horas, ele discursou sobre os celtas, pontas de flechas e estilhaços de lanças, como se nenhum mistério sinistro esperasse uma solução. Só quando voltamos para nosso chalé naquela tarde e encontramos um visitante nos aguardando, o assunto em questão voltou à nossa mente. Ninguém precisou nos dizer quem era o visitante. O corpo enorme, o rosto profundamente marcado, com olhos ferozes e nariz aquilino, o cabelo grisalho que quase tocava o teto do chalé, a barba – dourada nas pontas e branca perto dos lábios, a não ser pela mancha de nicotina de seu perpétuo charuto –, todas essas características eram famosas tanto em Londres quanto na África e só podiam ser associadas à personalidade do doutor Leon Sterndale, o grande caçador de leões e explorador.

Nós sabíamos da presença dele no distrito e uma ou duas vezes vimos seu corpo enorme nas trilhas das charnecas. Ele, porém, não se aproximou de nós, e nós nem sonhamos em nos aproximar dele, pois todos sabiam que o amor dele pela reclusão era o que o fazia passar a maior parte dos intervalos entre suas viagens em um bangalô enterrado na afastada floresta de Beauchamp Arriance. Ali, entre seus livros e mapas, ele vivia absolutamente só, atendendo às próprias necessidades simples e, aparentemente, prestando pouca atenção à vida dos vizinhos. Foi uma surpresa para mim, portanto, escutá-lo perguntar ansiosamente a Holmes se ele fizera algum avanço na reconstituição do episódio misterioso.

– A polícia do condado é totalmente despreparada – disse ele –, mas talvez sua vasta experiência sugira alguma explicação concebível. Eu vim procurá-lo pois, durante as minhas estadas aqui, conheci a família Tregennis muito bem. Na verdade, pelo lado córnico da família da minha mãe, eles chegam a ser meus primos. E ficar sabendo do estranho destino deles foi um grande choque para mim. Devo lhe dizer que já estava em Plymouth, a caminho da África, quando fiquei sabendo da notícia esta manhã e voltei direto para cá para ajudar na investigação.

Holmes levantou suas sobrancelhas.

– Você perdeu o seu navio por causa disso?

– Pegarei o próximo.

– Meu Deus! Isso é que é amizade!

– Como eu disse, eles eram parentes.

– Mais ou menos, primos da sua mãe. A sua bagagem já estava no navio?

– Alguma coisa sim, mas a maior parte está no hotel.

– Entendo. Mas esse evento certamente não apareceu nos jornais matinais de Plymouth.

– Não, eu recebi um telegrama.

– Posso perguntar de quem?

Uma sombra passou pelo rosto esquelético do explorador.

– Você faz muitas perguntas, senhor Holmes.

– É o meu trabalho.

Com um pouco de esforço, o doutor Sterndale recuperou sua compostura.

– Não tenho nenhuma objeção em lhe contar – disse ele. – Foi o senhor Roundhay, o vigário, quem me mandou o telegrama.

– Obrigado – agradeceu Holmes. – Respondendo à sua pergunta original, devo dizer que ainda não fiz progressos na investigação do caso, mas tenho toda esperança de chegar a uma conclusão. Seria prematuro dizer mais alguma coisa.

– Talvez não se importe em me dizer se suas suspeitas apontam em alguma direção em particular?

– Não, não posso responder isso.

– Então, perdi meu tempo e não posso prolongar a minha visita. – O famoso doutor saiu de nosso chalé de mau humor e, cinco minutos depois, Holmes o seguiu. Só o vi de novo à noite, quando ele voltou com o passo lento e o rosto extenuado que me indicaram que ele não fizera nenhum progresso importante na investigação. Ele leu um telegrama que o esperava e o jogou na lareira.

– Era do hotel em Plymouth, Watson – informou ele. – Consegui o nome com o vigário e enviei um telegrama para me certificar de que a história do doutor Leon Sterndale era verdadeira. Parece que ele realmente passou a noite lá, e que de fato permitiu que parte de sua bagagem fosse enviada para a África, enquanto voltava para cá para estar presente na investigação. O que você acha disso, Watson?

– Que ele está profundamente interessado.

– Profundamente interessado... sim. Existe um fio solto aqui que ainda não conseguimos pegar e que pode nos levar à meada. Anime-se, Watson, pois tenho certeza de que ainda não chegou às nossas mãos todo o material. Quando chegar, deixaremos as dificuldades para trás.

Não pensei muito sobre a rapidez com que as palavras de Holmes se realizariam, nem sobre como era estranho e sinistro aquele desdobramento que abriu uma linha totalmente nova de investigação. Eu estava fazendo a barba perto da janela de manhã quando escutei o som de cascos e vi uma carruagem vindo pela estrada. Parou na nossa porta e nosso amigo vigário desceu dela e se apressou pelo caminho do nosso jardim. Holmes já estava vestido e descemos para encontrá-lo.

Nosso visitante estava tão agitado que mal conseguia articular as palavras, mas, finalmente, arfando, ele conseguiu contar sua trágica história.

– Estamos dominados pelo demônio, senhor Holmes! Minha pobre paróquia está dominada pelo demônio! – exclamou ele. – O próprio Satã está à solta! Estamos nas mãos dele! – Ele parecia dançar em sua agitação, o que poderia ser engraçado se não fossem os olhos assustados e o rosto pálido. Finalmente, ele contou a terrível notícia:

– O senhor Mortimer Tregennis morreu esta noite e exatamente com os mesmos sintomas do resto de sua família.

Holmes ficou de pé em um instante, subitamente cheio de energia.

– O senhor consegue nos levar na sua carruagem?

– Consigo sim.

– Então, Watson, teremos que adiar nosso desjejum. Senhor Roundhay, estamos ao seu dispor. Vamos rápido, antes que as coisas sejam desarrumadas.

Tregennis ocupava dois cômodos no vicariato, os quais se situavam no mesmo ângulo da casa, um sobre o outro. O de baixo era uma grande sala de estar; o de cima, o quarto dele. A vista era para um gramado que ia até a janela. Chegamos antes do médico e da polícia, então estava tudo intocado. Deixe-me descrever exatamente a cena que vimos naquela manhã nebulosa de março, a qual deixou uma impressão que nunca consegui apagar da minha mente.

A atmosfera do cômodo era de um abafamento terrível e deprimente. A criada, que foi a primeira a entrar, abrira a janela, caso contrário o ambiente estaria ainda mais intolerável. Isso talvez se devesse em parte ao fato de que um lampião estava aceso sobre a mesa de centro e soltando fumaça. Ao lado dele, estava o homem morto, recostado na cadeira, a barba fina projetando-se para a frente, os óculos erguidos até a testa e o rosto magro e moreno voltado para a janela e destorcido pela mesma expressão de terror que havia marcado o rosto da sua irmã morta. Seus membros estavam contorcidos e os dedos contraídos como se ele tivesse morrido em um verdadeiro paroxismo de medo. Estava totalmente vestido, embora houvesse sinais de que ele havia colocando as roupas apressadamente. Nós já sabíamos que ele dormira na cama e que o seu trágico fim chegara logo pela manhã.

Era possível perceber a energia incandescente por trás da fleumática aparência de Holmes quando se viu a repentina mudança que tomou conta dele a partir do momento em que entrou naquele sinistro apartamento. Em um instante, ele estava tenso e alerta, os olhos brilhando, os membros tremendo de ansiedade. Ele ia para o jardim, olhava pela janela, rondava a mesa e subia para o quarto, exatamente como um cão de caça farejando uma raposa. No quarto, ele fez uma avaliação rápida e acabou abrindo a janela, o que pareceu dar ainda mais razão para sua empolgação, pois ele se debruçou ali e soltou interjeições de interesse e deleite. Então, desceu correndo as escadas, saltou pela janela aberta, atirou-se de cara no gramado, ergueu-se em um salto e tornou a entrar na sala, tudo com a energia de um caçador que está bem perto de sua presa. O lampião, que era comum, ele o examinou com minucioso cuidado, fazendo algumas medições na cuba. Com sua lente, inspecionou cautelosamente a manga do lampião e raspou a fuligem que aderira à sua superfície, colocando um pouco em um envelope que guardou dentro da caderneta. Finalmente, quando o médico e o policial apareceram, ele acenou para o vigário e nós três saímos para o gramado.

– Fico feliz em que lhes dizer que a minha investigação não está totalmente estéril – comentou ele. – Não posso ficar para discutir o assunto com a polícia, mas eu ficaria deveras grato, senhor Roundhay, se transmitisse meus cumprimentos ao inspetor e direcionasse a atenção dele para a janela do quarto e para o lampião da sala de estar. Cada uma delas é sugestiva e juntas são quase conclusivas. Se os policiais quiserem mais informações, eu ficarei satisfeito em recebê-los no meu chalé. E agora, Watson, acho que talvez nós sejamos mais úteis em outro lugar.

É possível que a polícia tenha se ressentido pela intromissão de um amador, ou talvez eles tenham achado que estavam perto de alguma linha de investigação; mas o certo é que não tivemos notícias deles nos dois dias seguintes. Nesse período, Holmes passou parte do seu tempo fumando e sonhando no chalé e outra parte maior caminhando pelo campo sozinho e voltando muitas horas depois sem nenhum comentário sobre onde havia ido. Um experimento serviu para me mostrar sua linha de investigação. Ele havia comprado um lampião igual àquele que estava aceso na sala de Mortimer Tregennis na manhã da tragédia, o qual ele encheu do mesmo óleo usado no vicariato e, cuidadosamente, mediu o tempo que ele levou para apagar. Outro experimento que ele fez foi de natureza menos agradável, e é improvável que eu me esqueça dele algum dia.

– Você vai se lembrar, Watson – comentou ele em uma determinada tarde –, que existe um único ponto em comum nos vários relatos que chegaram até nós. E se refere à atmosfera encontrada nas salas por aqueles que foram os primeiros a entrar. Você se lembra que Mortimer Tregennis, ao descrever o episódio da sua última visita à casa do irmão, lembrou-se que o médico, ao entrar na sala, caiu na cadeira? Você se esqueceu? Bem, eu posso afirmar que sim. Agora, você deve se lembrar também que a senhora Porter, a empregada, nos disse que ela mesma desmaiou ao entrar na sala e que, depois, abriu a janela. No segundo caso, o do próprio Mortimer Tregennis, você não pode ter se esquecido do terrível abafamento na sala quando chegamos, embora a empregada tenha aberto a janela. Pois aquela empregada, eu descobri em uma rápida investigação, passou tão mal que precisou ficar de cama. Admita, Watson, que esses fatos são deveras sugestivos. Em ambos os casos, existem evidências de atmosfera envenenada. Em ambos os casos, também, havia combustão acontecendo na sala: em um, a lareira; no outro, o lampião. Era necessário o fogo, mas o lampião continuou aceso até muito depois de o dia estar claro, o que uma comparação com o óleo consumido irá demonstrar. Por quê? Certamente porque existe alguma conexão entre essas três coisas: a combustão, a atmosfera abafada e, finalmente, a loucura ou a morte desses infelizes. Está claro ou não está?

– Aparentemente sim.

– Pelo menos, podemos aceitar como uma hipótese. Vamos supor, então, que alguma coisa foi queimada em cada um dos casos, provocando uma atmosfera que causou estranhos efeitos tóxicos. Muito bem. No primeiro exemplo, o da família Tregennis, essa substância foi colocada na lareira. A janela estava fechada, mas a fumaça produzida pelo fogo naturalmente subiu pela chaminé. Assim, seria de se esperar que os efeitos do veneno fossem mais fracos do que no segundo caso, em que houve um escape menor pelo vapor. O resultado parece indicar que sim, já que no primeiro caso apenas a mulher, que presumimos ter um organismo mais sensível, morreu, enquanto os outros apresentaram aquela demência temporária ou permanente que, evidentemente, é o primeiro efeito da droga. No segundo caso, o efeito foi completo. Os fatos, portanto, parecem comprovar a teoria de um veneno que atua por combustão.

– Seguindo essa linha de raciocínio, naturalmente procurei no quarto de Mortimer Tregennis algum resquício da substância. O lugar óbvio parecia ser a manga do lampião. Ali, de fato, encontrei uma certa quantidade de cinzas flocada e, nas beiradas, um pó marrom que ainda não havia sido consumido. Peguei metade desse material, como você mesmo viu, e coloquei em um envelope.

– Por que metade, Holmes?

– Não devo ficar no caminho da polícia, meu caro Watson. Eu deixei para eles todas as evidências que encontrei. O veneno ainda continuava na manga do lampião, caso eles tivessem tido a perspicácia de o encontrar. Agora, Watson, acenderemos o nosso lampião; teremos, porém, o cuidado de abrir a janela para evitar a morte prematura de dois dignos membros da sociedade, e você se sentará em uma poltrona perto da janela, a não ser que, como o homem razoável que é, você prefira não participar do experimento. Ah, você vai ficar, não é? Eu achei que conhecia meu Watson. Colocarei esta cadeira em frente à sua, para que possamos ficar à mesma distância do veneno e cara a cara. Deixaremos a porta entreaberta. Assim, um pode observar o outro e acabar com o experimento caso os sintomas pareçam alarmantes. Está claro? Bem, então, pegarei o pó, ou o que resta dele, de dentro do envelope, e colocarei sobre o lampião aceso. Pronto! Agora, Watson, vamos nos sentar e aguardar os desdobramentos.

Estes não demoraram a chegar. Eu mal havia me sentado na minha poltrona quando senti um odor denso, almiscarado, sutil e enjoativo. Na primeira inalação, meu cérebro e minha imaginação já estavam fora de controle. Uma nuvem preta e espessa rodopiou diante dos meus olhos, e a minha mente me disse que, ainda escondido naquela nuvem, mas prestes a tomar conta dos meus sentidos, estava tudo que havia de terrível, tudo que havia de monstruoso e inconcebivelmente mau no universo. Formas vagas giravam e flutuavam no meio da nuvem escura, cada uma delas uma ameaça e um aviso de que algo estava a caminho, o advento de algum habitante indescritível, cuja sombra acabaria com a minha alma. Um terror congelante tomou conta de mim. Senti que meus cabelos estavam ficando em pé, que meus olhos saltavam das órbitas, que minha boca estava aberta e minha língua parecia de couro. O tumulto dentro do meu cérebro era tal que alguma coisa certamente se romperia. Tentei gritar e percebi vagamente que a minha própria voz era um coaxo rouco, distante e separado de mim. No mesmo momento, em um esforço para escapar, rompi aquela nuvem de desespero e consegui ver o rosto de Holmes, pálido, rígido e com uma expressão de horror, a mesma que eu vira nos rostos dos mortos. Foi aquela visão que me deu um instante de sanidade e de força. Pulei da minha poltrona, joguei meus braços em torno de Holmes e, juntos, lançamo-nos cambaleantes porta afora. No instante seguinte, jogamo-nos no gramado e ficamos deitados lado a lado, conscientes apenas do glorioso sol que abria seu caminho através da nuvem de terror que nos envolvera. Lentamente, ela foi saindo de nossas almas como névoa no horizonte, até que a paz e a razão voltaram e nos encontramos sentados no gramado, enxugando nossas testas suadas e olhando um para o outro de forma apreensiva, observando os últimos vestígios daquela experiência terrível pela qual tínhamos passado.

– Sinceramente, Watson! – exclamou Holmes finalmente, com uma voz hesitante. – Eu lhe devo um agradecimento e um pedido de desculpas. Foi um experimento injustificável até para mim mesmo, ainda mais para um amigo. Eu sinto muitíssimo.

– Você sabe – respondi, emocionado, pois nunca tinha visto os sentimentos de Holmes daquela forma –, que ajudá-lo é minha maior alegria e privilégio.

Na mesma hora, ele retomou sua personalidade meio divertida meio cínica, que era a sua postura habitual em relação àqueles à sua volta.

– Seria supérfluo nos deixar loucos, meu caro Watson – disse ele. – Um observador franco certamente diria que já estávamos loucos mesmo antes de embarcarmos nesse experimento bárbaro. Confesso que nunca pensei que o efeito pudesse ser tão repentino e tão severo. – Ele entrou no chalé e reapareceu segurando, afastado do corpo, o lampião aceso, que jogou no meio dos espinheiros. – Precisamos deixar a sala arejar por um tempo. Acredito, Watson, que você não tenha mais a menor dúvida de como essas tragédias aconteceram.

– Nenhuma.

– Mas a causa permanece tão obscura quanto antes. Venha para o caramanchão aqui e vamos debater o assunto. Aquela substância vil ainda está presente na minha garganta. Acho que devemos admitir que todas as evidências apontam para o fato de que Mortimer Tregennis foi o criminoso na primeira tragédia, embora tenha sido a vítima na segunda. Devemos nos lembrar, em primeiro lugar, que existe a história de uma briga de família, seguida por uma reconciliação. Não sabemos quão séria foi essa briga e quão superficial foi essa reconciliação. Quando penso em Mortimer Tregennis, com aquele rosto de raposa e aqueles olhos pequenos e perspicazes por trás dos óculos, eu não diria que era do tipo que tem facilidade para perdoar. Bem, em seguida, lembre-se de que a ideia de alguém se movimentando no jardim, que desviou a nossa atenção da verdadeira causa da tragédia, veio dele. Ele tinha um motivo para nos enganar. Finalmente, se ele não jogou a substância na lareira antes de sair, quem foi? O caso aconteceu logo depois que ele saiu. Se alguém tivesse chegado, a família teria se levantado da mesa. Além disso, na pacífica Cornualha, visitantes não chegam depois das dez da noite. Então, podemos supor que todas as evidências apontam para Mortimer Tregennis como o culpado.

– Então, a morte dele foi suicídio!

– Bem, Watson, diante disso, não é uma suposição impossível. O homem que carregava a culpa em sua alma por ter imposto tal destino à própria família poderia muito bem ter sido levado pelo remorso a infligi-lo a si mesmo. Entretanto, existem algumas razões mais convincentes contra essa teoria. Felizmente, há um homem na Inglaterra que sabe tudo sobre isso, e eu tomei as minhas providências para que, hoje à tarde, possamos escutar tudo da boca dele. Ah! Ele chegou adiantado. Queria vir por aqui, doutor Leon Sterndale. Estávamos fazendo um experimento químico lá dentro que deixou nossa sala inapropriada para receber um visitante tão ilustre.

Eu havia escutado o estalo no portão do jardim e agora a figura majestosa do grande explorador da África surgiu na nossa entrada. Ele pareceu surpreso ao se dirigir para o rústico caramanchão sob o qual estávamos sentados.

– Mandou me chamar, senhor Holmes. Recebi seu bilhete uma hora atrás e vim, embora realmente não saiba por que deveria obedecer à sua convocação.

– Talvez possamos esclarecer o objetivo antes de nos separarmos – disse Holmes. – Enquanto isso, eu lhe agradeço por ter sido tão cortês em vir até aqui. Perdoe-me por essa recepção informal ao ar livre, mas eu e meu amigo Watson quase falecemos no que seria mais um capítulo do que os jornais chamam de Terror da Cornualha e por ora preferimos o ar livre. Como o assunto que temos a discutir o afetará pessoalmente de forma muito íntima, talvez seja melhor conversarmos em algum lugar em que ninguém possa nos escutar.

O explorador tirou o charuto dos lábios e fitou seu interlocutor com seriedade.

– Não faço a menor ideia – disse ele –, sobre o que o senhor poderia querer falar comigo que me afetaria pessoalmente de forma muito íntima.

– O assassinato de Mortimer Tregennis – disse Holmes.

Por um momento, desejei estar armado. O rosto severo de Sterndale ficou vermelho, os olhos faiscaram e as veias saltaram em sua testa, enquanto ele partia para cima do meu amigo com punhos cerrados. Então ele parou e, com um grande esforço, retomou sua calma fria e rígida, que talvez sugerisse maior perigo do que sua explosão de cólera.

– Vivi tanto tempo entre os selvagens, sendo um fora da lei – disse ele –, que me considero a minha própria lei. É melhor, Holmes, não se esquecer disso, pois não tenho a intenção de machucá-lo.

– Nem eu tenho a intenção de machucá-lo, doutor Sterndale. A maior prova disso é que, mesmo sabendo o que sei, mandei-lhe um bilhete, e não a polícia.

Sterndale sentou-se com um suspiro, intimidado, talvez pela primeira vez em sua vida cheia de aventuras. Era difícil fazer frente à calma autoconfiança de Holmes. Nosso visitante gaguejou por um momento, as grandes mãos abrindo e fechando, em grande agitação.

– O que quer dizer? – perguntou ele finalmente. – Se está blefando, senhor Holmes, não escolheu o homem certo para sua experiência. Vamos direto ao assunto. O que o senhor quer?

– Eu vou lhe dizer – respondeu Holmes –, e direi também por quê. Acredito que franqueza leva a franqueza. O meu próximo passo dependerá inteiramente da natureza da sua defesa.

– Minha defesa?

– Sim, senhor.

– Minha defesa contra quê?

– Contra a acusação de assassinar Mortimer Tregennis.

Sterndale enxugou a testa com o lenço.

– Sinceramente, o senhor está indo longe demais – disse ele. – Todos os seus casos de sucesso dependem do seu prodigioso poder de blefar?

– O blefe – disse Holmes, seriamente –, está do seu lado, doutor Leon Sterndale, e não do meu. Como prova, eu lhe contarei alguns dos fatos nos quais as minhas conclusões estão baseadas. Sobre o senhor ter voltado de Plymouth, deixando que parte dos seus pertences seguisse para a África, não falarei nada além de que isso só me mostrou que o senhor era um dos fatoresa serem considerados na reconstrução desse drama...

– Eu voltei...

– Eu já escutei suas razões e as considero pouco convincentes e inadequadas. Mas vamos deixar isso de lado. O senhor veio até aqui para me perguntar de quem eu desconfiava. Eu me recusei a responder. Então, o senhor foi até o vicariato, esperou do lado de fora por um tempo e, finalmente, voltou para sua casa.

– Como sabe disso?

– Eu o segui.

– Eu não vi ninguém.

– Isso é o que espero quando sigo alguém. O senhor passou uma noite insone em sua casa e elaborou certos planos, que colocou em prática na manhã seguinte. Saindo ao amanhecer, o senhor encheu os bolsos com um punhado do cascalho avermelhado que estava amontoado ao lado do seu portão.

Sterndale teve um sobressalto e fitou Holmes com irritação.

– Então, o senhor caminhou rapidamente por um quilômetro e meio até o vicariato. Ainda me lembro do que estava usando: o mesmo par de tênis que está calçando neste momento. No vicariato, passou pelo pomar e pela cerca, saindo embaixo da janela de Tregennis. Já havia amanhecido, mas a casa ainda estava tranquila. O senhor pegou um pouco do cascalho do bolso e o jogou na janela acima do senhor.

Sterndale se pôs de pé em um salto.

– Creio que o senhor é o demônio em pessoa! – exclamou ele.

Holmes sorriu com o elogio.

– Precisou de dois, talvez três punhados do cascalho, até que o inquilino viesse à janela. O senhor pediu que ele descesse. Ele se vestiu apressadamente e desceu até a sala de estar. O senhor entrou pela janela. Houve uma conversa, durante a qual o senhor andou de um lado para o outro na sala. Então o senhor saiu, fechou a janela e ficou no gramado do lado de fora, fumando seu charuto e assistindo ao que acontecia. Finalmente, depois que Tregennis morreu, o senhor foi embora da mesma forma que havia chegado. Agora, doutor Sterndale, como o senhor explica tal conduta e quais foram os motivos para as suas ações? Se tentar me enganar ou vier com conversa fiada, eu lhe garanto que o assunto sairá das minhas mãos para sempre.

O rosto do nosso visitante ficou cinza enquanto escutava as palavras de seu acusador. Ele ficou sentado, pensando por um tempo, com o rosto mergulhado nas mãos. Então, em um impulso repentino, tirou uma fotografia do bolso que ficava no seu peitoral e a jogou sobre uma mesa rústica que estava na nossa frente.

– Esse foi o motivo pelo qual eu fiz isso – confessou ele.

A fotografia mostrava o colo e o rosto de uma mulher muito bonita. Holmes se debruçou sobre ela.

– Brenda Tregennis – afirmou ele.

– Sim, Brenda Tregennis – repetiu nosso visitante. – Durante anos, eu a amei. Esse é o segredo do meu isolamento na Cornualha que as pessoas tanto admiram. Foi o que me trouxe para mais perto da pessoa que eu mais amei. Mas eu não podia me casar com ela, pois tenho uma esposa que me abandonou anos atrás e, mesmo assim, pelas leis deploráveis da Inglaterra, eu não posso me divorciar dela. Por anos, Brenda me esperou. Por anos, eu a esperei. E foi para isso que esperamos.

Um terrível soluço fez seu grande corpo tremer, e ele segurou o próprio pescoço por baixo da barba grisalha. Então, esforçando-se, ele se controlou e continuou:

– O vigário sabia. Ele era nosso confidente. Ele pode lhe dizer que ela era um anjo na terra. Foi por isso que ele me enviou um telegrama e eu voltei. O que era a minha bagagem ou a África para mim quando fiquei sabendo que tal destino se abatera sobre o meu amor? Aí está a pista que faltava para as minhas ações, senhor Holmes.

– Continue – pediu meu amigo.

O doutor Sterndale tirou do bolso um pacote de papel e o colocou sobre a mesa. Do lado de fora, estava escrito "*Radix pedis diaboli*", com uma etiqueta vermelha embaixo indicando veneno. Ele o empurrou na minha direção.

– Sei que é médico, senhor. Já ouviu falar desse preparado?

– Raiz pé-de-diabo! Não, nunca ouvi falar.

– Isso não é uma deficiência no seu conhecimento médico – afirmou ele. – Acredito que, além de uma amostra em um laboratório em Buda, não existe outro espécime na Europa. Ainda não foi incluído na farmacologia nem na literatura de toxicologia. A raiz tem a forma de um pé meio humano, meio de bode; por isso o nome dado por um missionário botânico. É usado como um veneno de provações por alguns curandeiros na África Ocidental, um segredo que eles mantêm entre si. Eu obtive esse espécime em particular sob circunstâncias deveras extraordinárias na região do Ubangui.

Ele abriu o pacote enquanto falava e mostrou um pó castanho-avermelhado, parecido com rapé.

– E então, senhor? – perguntou Holmes, sério.

– Eu vou lhe contar o que realmente aconteceu, senhor Holmes. Como o senhor já sabe muito do que houve, é do meu interesse que conheça toda a história. Eu já expliquei o relacionamento que eu tinha com a família Tregennis. Pelo bem da irmã, eu era amigável com os irmãos. Houve uma briga de família por causa de dinheiro, a qual afastou Mortimer, mas logo foi resolvida, e eu cheguei a encontrar com ele, assim como com os outros. Ele era um homem astuto, sutil, ardiloso, e várias coisas surgiram que me fizeram desconfiar dele; mas eu não tinha motivos para uma briga.

– Um dia, duas semanas atrás – prosseguiu –, ele foi à minha casa e eu lhe mostrei algumas curiosidades africanas. Entre outras coisas, mostrei esse pó e contei sobre suas propriedades estranhas, a forma como estimula os centros cerebrais que controlam a emoção do medo e como os infelizes nativos que são submetidos a essa provação pelos curandeiros das tribos acabam malucos ou mortos. Também comentei com ele como a ciência europeia seria incapaz de detectá-lo. O que Mortimer fez para isso, eu não sei, pois não saí da sala, mas não tenho dúvidas de que, enquanto eu estava abrindo armários e me debruçando sobre caixas, ele conseguiu pegar um pouco da raiz pé-de-diabo. Eu me lembro bem de como ele me encheu de perguntas sobre a quantidade e o tempo necessário para fazer efeito, mas eu nunca podia imaginar que ele teria alguma razão pessoal para isso.

– Eu não pensei mais no assunto – continuou Sterndale – até receber o telegrama do vigário em Plymouth. Esse criminoso achou que eu já estaria no mar quando recebesse a notícia e que eu passaria anos perdido na África. Mas eu voltei na mesma hora. Claro, ao escutar os detalhes, eu tive certeza de que o meu veneno tinha sido usado. Vim à procura do senhor com a esperança de que me apresentasse alguma outra explicação. Mas não havia. Eu estava convencido de que Mortimer Tregennis era o assassino; que, por dinheiro e talvez pensando que, se os outros membros da família estivessem loucos, ele seria o guardião absoluto da propriedade conjunta, usou o pó da raiz pé-de-diabo, deixando dois deles enlouquecidos e matando sua irmã Brenda, o único ser humano que eu já amei e que já me amou. Esse foi o crime dele. Qual deveria ser seu castigo?

– Eu deveria recorrer à lei? – perguntou Sterndale. – Que provas eu tinha? Eu sabia que os fatos eram verdadeiros, mas conseguiria fazer um júri de camponeses acreditar em uma história tão fantástica? Talvez sim, talvez não. Mas eu não poderia fracassar. Minha alma gritava por vingança. Eu já lhe disse uma vez, senhor Holmes, que eu passei grande parte da minha vida sendo um fora da lei, e que eu fazia a minha própria lei. Isso se aplica agora. Eu determinei que ele deveria compartilhar do mesmo destino que infligiu aos outros. Ou isso, ou eu faria justiça sobre ele com as minhas próprias mãos. Em toda a Inglaterra, não há um homem que dê menos valor à própria vida do que eu neste momento.

– Pronto, já lhe contei tudo – prosseguiu. – O senhor mesmo já contou o resto. Como disse, após uma noite insone, eu saí de casa cedo. Previ que teria dificuldades em acordar Mortimer e, por isso peguei cascalho no meu portão, como o senhor mencionou, e o atirei na janela dele. Ele desceu e deixou que eu entrasse pela janela da sala de estar. Eu o responsabilizei pelo crime e disse que estava ali como juiz e como carrasco. O cretino caiu em uma poltrona, paralisado, ao ver o meu revólver. Então acendi o lampião, coloquei o pó sobre ele e fiquei do lado de fora da janela, pronto para cumprir a minha ameaça de atirar nele se tentasse sair dali. Em cinco minutos, ele morreu. Meu Deus! Que morte! Mas meu coração virou pedra, já que Mortimer não suportou nada que a minha amada não tenha sentido antes dele. Essa é a minha história, senhor Holmes. Talvez, se amasse uma mulher, o senhor tivesse feito o mesmo. De qualquer forma, estou nas suas mãos. Pode tomar as medidas que quiser. Como eu já disse, não existe nenhum homem vivo que tema menos a morte do que eu.

Holmes ficou sentado em silêncio por um tempo.

– Quais eram os seus planos? – perguntou ele, finalmente.

– Minha intenção era ir para a África central. Meu trabalho por lá ainda não terminou.

– Vá e termine seu trabalho – sentenciou Holmes. – Eu, pelo menos, não estou disposto a impedi-lo.

O doutor Sterndale levantou seu enorme corpo, fez uma reverência e saiu do nosso caramanchão. Holmes acendeu seu cachimbo e me estendeu o estojo de tabaco.

– Algumas fumaças não venenosas seriam bem-vindas para variar – disse ele. – Creio que você vai concordar, Watson, que esse não é um caso em que devemos interferir. Nossa investigação foi independente, e nossa ação também será. Você não denunciaria o homem, não é?

– Certamente não – respondi.

– Eu nunca amei, Watson, mas, se eu tivesse amado e a mulher que eu amasse encontrasse esse fim, eu teria agido como esse nosso caçador de leões fora da lei. Bem, Watson, não ofenderei a sua inteligência explicando o que é óbvio. O cascalho no parapeito da janela foi o ponto de partida para a minha investigação. Era diferente de qualquer um que havia no jardim do vicariato. Só quando prestei a devida atenção ao doutor Sterndale e à casa dele, encontrei pedras iguais. O lampião aceso em plena luz do dia e os restos de pó sobre ele foram elos sucessivos de uma corrente um tanto óbvia. E agora, meu caro Watson, acho que devemos nos esquecer do assunto e voltar com a consciência limpa para o estudo daquelas raízes do idioma caldeu que certamente podem ser rastreadas na Cornualha até o grande idioma celta.

Capítulo 4

• A aventura do Círculo Vermelho •

Tradução: Michele Gerhardt MacCulloch

Parte I

Bem, senhora Warren, não vejo nenhuma causa particular para sua inquietação nem compreendo por que eu, cujo tempo tem certo valor, deveria interferir no assunto. Realmente tenho outras coisas com que me preocupar. – Assim falou Sherlock Holmes e virou-se para o grande caderno de recortes em que estava organizando e indexando seu material recente.

Mas a senhoria tinha a persistência e a astúcia de seu sexo e se manteve firme.

– O senhor cuidou de um assunto para um inquilino meu no ano passado – disse ela –, senhor Fairdale Hobbs.

– Ah, sim, um assunto simples.

– Mas ele não para de falar sobre isso... a sua gentileza e a forma com que trouxe luz para a escuridão. Eu me lembrei das palavras dele quando me vi cercada por dúvidas e escuridão. Tenho certeza de que, se o senhor quisesse, poderia me ajudar.

Holmes era acessível quando bajulado e, justiça seja feita, também era bondoso. Essas duas forças fizeram com que ele parasse o que estava fazendo, com um suspiro de resignação, e empurrasse sua cadeira para trás.

– Bem, senhora Warren, vamos escutar sobre seu problema, então. Suponho que não se incomode com o tabaco? Obrigado, Watson... os fósforos! Pelo que entendi, a senhora está inquieta porque seu novo inquilino se fecha no quarto dele e a senhora não consegue vê-lo. Ora, senhora Warren, se eu fosse seu inquilino, seria comum ficar semanas a fio sem me ver.

– Sem dúvida, senhor; mas aqui é diferente e me assusta, senhor Holmes. Não consigo dormir por causa do medo. Escuto os passos rápidos dele se movendo de lá para cá, desde de manhã cedo até tarde da noite, e, ainda assim, não o vejo. Meu marido está tão nervoso com o assunto quanto eu, mas passa o dia fora trabalhando, enquanto eu não tenho descanso. De que ele está se escondendo? Exceto pela moça, eu passo o dia todo sozinha em casa com ele e meus nervos não estão mais suportando.

Holmes se inclinou para a frente e colocou seus dedos longos e finos sobre o ombro da mulher. Ele tinha um poder quase hipnótico de acalmar as pessoas quando queria. O olhar amedrontado sumiu do rosto dela e sua expressão agitada se acalmou, ficando normal. Ela se sentou na cadeira que ele indicou.

– Para que eu assuma o caso, preciso saber todos os detalhes – disse ele. – Pode pensar. Um pormenor pode ser essencial. A senhora disse que o homem chegou dez dias atrás e pagou por uma quinzena de hospedagem e alimentação?

– Ele me perguntou as condições. Eu disse que eram cinquenta xelins por semana. Tem uma pequena sala de estar e um quarto, tudo completo, no alto da casa.

– E então?

– Ele disse que pagaria cinco libras por semana se eu aceitasse os termos dele. Sou uma mulher pobre e o senhor Warren ganha pouco, então o dinheiro significava muito para mim. Ele pegou uma nota de dez libras, balançou na minha frente e disse: "A senhora terá outra dessa a cada quinzena por um longo tempo se aceitar os meus termos. Caso contrário, eu não terei mais nada com a senhora".

– Quais eram os termos dele?

– Bem, senhor, ele disse que queria ter a chave da casa. Tudo bem quanto a isso. Os inquilinos costumam ficar com uma chave mesmo. Além disso, ele queria ser deixado sozinho e nunca, sob nenhuma circunstância, ser incomodado.

– Nada de extraordinário nisso, não é?

– Racionalmente não, senhor. Mas isso está além da razão. Ele está lá há dez dias e, nesse tempo, nem eu, nem o senhor Warren, nem a moça colocamos os olhos nele. Escutamos os seus passos de um lado para o outro, dia e noite, mas, exceto naquela primeira noite, ele não saiu mais da casa.

– Ah, ele saiu na primeira noite, então?

– Sim, senhor, e voltou muito tarde, quando todos já estávamos na cama. Depois que se instalou no quarto, ele me disse que faria isso e me pediu que não colocasse a tranca na porta. Eu o escutei subindo as escadas depois da meia-noite.

– Mas e as refeições dele?

– Ele deu uma ordem em particular para que, quando ele tocasse a campainha, nós deixássemos a refeição sobre uma cadeira, do lado de fora da porta. Então, ele tocaria de novo quando terminasse, e nós pegaríamos a bandeja na mesma cadeira. Se ele quer alguma coisa mais, imprime em um pedaço de papel e deixa ali.

– Imprime?

– Sim, senhor, imprime a lápis. Apenas uma palavra, nada mais. Aqui está uma que eu trouxe para lhe mostrar: SABONETE. Outra aqui:

FÓSFORO. Esta aqui ele deixou na primeira manhã: DAILY GAZETTE. Eu deixo esse jornal junto com o café da manhã dele todos os dias.

– Deus, Watson – comentou Homes, fitando com muita curiosidade as folhas de papel almaço que a senhoria lhe entregara. – Isso certamente é pouco comum. Eu consigo entender o isolamento; mas por que a impressão? Imprimir é um processo complicado. Por que não escrever? O que você sugere, Watson?

– Que ele queria esconder a própria caligrafia.

– Mas por quê? Por que ele se importaria que sua senhoria visse uma palavra escrita com a caligrafia dele? Mas pode ser como você diz. Então, de novo, por que mensagens tão lacônicas?

– Não consigo imaginar.

– Isso abre um campo prazeroso para uma especulação inteligente. As palavras são escritas com um lápis violeta de ponta grossa, de um padrão pouco comum. Você vai observar que o papel foi rasgado nesta lateral depois da impressão, então o "S" de "SABONETE" está parcialmente cortado. Sugestivo, não é, Watson?

– Sugere cautela?

– Exatamente. Está evidente que havia alguma marca, alguma impressão digital, alguma coisa que desse uma pista da identidade da pessoa. Agora, senhora Warren, a senhora disse que o homem tem altura mediana, usa barba e é moreno. Quantos anos acredita que ele tem?

– Jovem, não mais do que 30 anos.

– Bem, a senhora pode me dar mais alguma informação?

– Ele fala inglês corretamente, mas ainda assim achei que era estrangeiro por causa do sotaque.

– Ele estava bem vestido?

– Sim, com muita elegância, como um cavalheiro. Roupas escuras, nada que chamasse a atenção.

– Ele não disse o nome?

– Não, senhor.

– E não recebeu nenhuma carta nem visita?

– Não.

– E a senhora ou a moça já entraram no quarto dele alguma vez?

– Não, senhor; ele cuida de tudo sozinho.

– Deus! Isso é notável. E a bagagem dele?

– Ele trouxe uma grande bolsa marrom, só isso.

– Bem, parece que não temos muito material para nos ajudar. A senhora diz que nada saiu daquele quarto. Absolutamente nada?

A senhoria pegou um envelope da sua bolsa, sacudiu-o em cima da mesa e dele saíram dois fósforos queimados e uma ponta de cigarro.

– Estavam na bandeja dele hoje de manhã. Eu trouxe pois fiquei sabendo que o senhor tira conclusões de pequenas coisas.

Holmes deu de ombros.

– Não temos nada aqui – afirmou ele. – É claro que os fósforos foram usados para acender cigarros. Fica óbvio pelo pouco que foi queimado. Para acender um cachimbo ou um charuto, metade de um fósforo é consumido. Mas essa ponta de cigarro é certamente notável. A senhora disse que o cavalheiro tem barba e bigode?

– Sim, senhor.

– Eu não entendo. Eu diria que apenas um homem totalmente barbeado poderia ter fumado esse cigarro. Ora, Watson, até seu modesto bigode teria sido queimado.

– Uma piteira? – sugeri.

– Não, não; a ponta está fosca. Existe a possibilidade de haver duas pessoas nos aposentos, senhora Warren?

– Não, senhor. Ele come tão pouco que me pergunto como consegue sobreviver.

– Bem, acho que devemos esperar algum material a mais. Afinal, a senhora não tem do que reclamar. Recebeu o aluguel e ele não é um inquilino que crie problemas, embora certamente não seja uma pessoa comum. Ele paga bem e, se prefere continuar escondido, não é da sua conta diretamente. Não temos nenhuma justificativa para invadir a privacidade dele até que tenhamos alguma razão para pensar que possa ser culpado de alguma coisa. Eu assumi o caso e não vou perdê-lo de vista. Preciso que me relate qualquer novidade que acontecer, e conte com a minha ajuda se for necessário.

– Com certeza, existem alguns pontos interessantes neste caso, Watson – comentou ele quando a senhoria foi embora. – É claro que pode ser algo trivial, uma excentricidade do indivíduo, ou pode ser algo bem mais profundo do que aparenta. A primeira coisa que chama a minha atenção é a possibilidade óbvia de que a pessoa que está agora nos cômodos pode ser inteiramente diferente daquela que os alugou.

– Por que você diz isso?

– Bem, além da ponta de cigarro, não é sugestivo que a única vez que o inquilino saiu foi imediatamente depois de alugar o local? Ele voltou, ou alguém no lugar dele, quando não havia testemunhas no caminho. Não temos nenhuma prova de que a pessoa que voltou é a mesma que saiu. Então, de novo, o homem que alugou os cômodos falava inglês bem. Esse outro, porém, imprimiu "fósforo" em vez de "fósforos". Imagino que a palavra tenha saído de um dicionário, que daria a palavra, mas não o plural. O estilo lacônico pode ser para esconder a falta de conhecimento de inglês. Sim, Watson, tenho boas razões para suspeitar que houve uma troca de inquilinos.

– Mas qual poderia ser o objetivo?

– Ah! Aí está o nosso problema. Há uma linha óbvia de investigação. – Ele pegou o grande livro em que diariamente arquivava as colunas de cartas dos leitores de todos os jornais londrinos. – Olhe – disse ele, virando as páginas – quantos suspiros, gritos e lamúrias! Uma colcha de retalhos de acontecimentos singulares! Mas certamente o mais valioso terreno de caça para alguém que estude o insólito! Essa pessoa está sozinha e não pode receber uma carta sem criar uma brecha no sigilo absoluto que deseja. Então, como ficaria sabendo de qualquer notícia ou receberia qualquer mensagem? Obviamente, por uma propaganda em um jornal. Não me parece haver outra forma e, felizmente, precisamos nos concentrar em apenas um jornal. Aqui estão os recortes do *Daily Gazette* da última quinzena. "Dama com vestido preto no Prince's Skating Club...", podemos passar esse. "Com certeza Jimmy não partirá o coração da mãe dele...", esse parece irrelevante. "Se a dama que desmaiou no ônibus para Brixton...", ela não me interessa. "Todo dia, meu coração...", quanta lamúria, Watson! Ah, esse é mais possível. Escute: "Tenha paciência. Encontraremos uma forma segura de comunicação. Por enquanto, esta coluna. G". Isso foi dois dias depois que o inquilino da senhora Warren chegou. Parece plausível, não? A pessoa misteriosa pode entender inglês, mesmo não sabendo escrever bem. Vamos ver se conseguimos seguir o rastro. Sim, aqui estamos, três dias depois. "Estou fazendo esforços bem-sucedidos. Paciência e prudência. As nuvens vão passar. G". Nada por uma semana. Então vem algo mais definitivo: "O caminho está se abrindo. Se eu tiver a chance de enviar sinais, lembre-se do código: Um A, Dois B e assim por diante. Notícias em breve. G". Isso foi no jornal de ontem, e não tem nada hoje. Tudo muito apropriado para o inquilino da senhora Warren. Se esperarmos um pouco, Watson, não tenho dúvida de que o caso vai ficar mais inteligível.

E se provou que ele estava certo. Na manhã seguinte, encontrei meu amigo de pé, de costas para a lareira e com um sorriso de total satisfação no rosto.

– Que tal isto, Watson? – questionou ele, pegando o jornal de cima da mesa. – "Casa vermelha alta com revestimento de pedras brancas. Terceiro andar. Segunda janela da esquerda. Depois do anoitecer. G". Isso é inegável. Acho que, depois do café da manhã, devemos fazer um reconhecimento da vizinhança da senhora Warren. Ah, senhora Warren! O que a traz aqui esta manhã?

Nossa cliente, de repente, adentrou a sala com uma energia explosiva que indicava ter havido algum novo e importante desdobramento.

– É um caso de polícia, senhor Holmes! – exclamou ela. – Não vou mais tolerar isso! Ele terá que arrumar as malas e sair de lá. Eu teria ido falar diretamente com ele, mas achei que seria justo escutar a sua opinião primeiro. Minha paciência chegou ao fim e, quando se trata de maltratar o meu velho...

– Bateram no senhor Warren?

– Na verdade, ele foi tratado com violência.

– Quem o tratou com violência?

– Ah! Isso é o que queremos saber! O senhor Warren é cronometrista na Morton and Waylight's, na Tottenham Court Road. Esta manhã, ele precisava sair de casa antes das sete. Bem, ele não tinha dado nem dez passos na rua quando dois homens vieram por trás dele, jogaram um casaco sobre a sua cabeça e o empurraram para dentro de um coche de aluguel que estava parado junto ao meio-fio. Andaram com ele por uma hora e então abriram a porta e o empurraram para fora. Ele ficou caído na rua, tão abalado que nem viu para onde eles foram. Quando ele se recompôs, descobriu que estava no Hampstead Heath; então pegou um ônibus para casa. E agora ele está lá, deitado no sofá, enquanto eu vim aqui contar o que aconteceu.

– Muito interessante – comentou Holmes. – Ele conseguiu observar a aparência desses homens? Escutou-os falar?

– Não, ele está claramente atordoado. Só sabe que o levantaram como por magia e o soltaram também como por magia. Havia pelo menos dois, talvez três agressores.

– E a senhora faz uma ligação entre esse ataque e o seu inquilino?

– Bem, nós moramos lá há quinze anos e nunca aconteceu nada parecido. Para mim, basta. Dinheiro não é tudo. Vou expulsá-lo da minha casa ainda hoje.

– Aguarde um pouco, senhora Warren. Não faça nada precipitado. Eu começo a achar que este caso pode ser muito mais importante do que parecia inicialmente. Ficou claro agora que algum perigo está ameaçando seu inquilino. É igualmente claro que os inimigos dele, à espreita na sua porta, levaram seu marido por engano em razão da manhã nebulosa. Ao descobrirem o erro, eles o soltaram. Quanto ao que teriam feito se não fosse um erro, só podemos conjecturar.

– Bem, o que devo fazer, senhor Holmes?

– Eu gostaria muito de ver o seu inquilino, senhora Warren.

– Não vejo como resolver isso, a não ser que arrombe a porta. Eu sempre o escuto destrancá-la quando estou descendo as escadas depois de deixar a bandeja.

– Ele precisa levar a bandeja para dentro. Nós poderíamos nos esconder e vê-lo fazer isso.

A senhoria pensou por um momento.

– Bem, senhor, há um quarto de despejo em frente. Posso providenciar um espelho, talvez, e, se ficar atrás da porta...

– Excelente! – exclamou Holmes. – A que horas ele almoça?

– Por volta de uma hora, senhor.

– Então, o doutor Watson e eu chegaremos a essa hora. Por enquanto, até logo, senhora Warren.

Ao meio-dia e meia, estávamos nos degraus da casa da senhora Warren, um edifício alto e delgado, de tijolos amarelos, na Great Orme Street, uma via estreita a nordeste do British Museum. Por ficar perto da esquina da rua, tem vista para a Howe Street, com suas casas mais pretenciosas. Holmes apontou para uma dessas casas com um risinho, uma fila de apartamentos residenciais que chamavam tanto a atenção que era impossível não olhar para eles.

– Olhe, Watson! – disse ele. – "Casa vermelha alta com revestimento de pedras brancas." – É de onde virão os sinais. Sabemos o lugar e conhecemos o código; então, certamente nossa tarefa será simples. Há um cartaz de "aluga-se" naquela janela. É evidentemente um apartamento vazio ao qual o aliado tem acesso. Bem, senhora Warren, e então?

– Está tudo pronto para os senhores. Se ambos puderem subir depois de deixar suas botas na entrada, eu os levo até lá agora.

Ela providenciara um excelente esconderijo. O espelho foi colocado de forma que, sentados no escuro, conseguíssemos ver claramente a porta em frente. Assim que nos acomodamos e a senhora Warren nos deixou, uma campainha distante anunciou que nosso misterioso inquilino a havia tocado. Logo, a senhoria apareceu com a bandeja, colocou-a sobre a cadeira ao lado da porta fechada e, então, pisando pesadamente, saiu. Agachados juntos na abertura da porta, ficamos com os olhos fixos no espelho. De repente, quando não se podia mais ouvir os passos da senhoria, percebemos o rangido de uma chave girando; então, a maçaneta se moveu e duas mãos magras apareceram e pegaram a bandeja da cadeira. No instante seguinte, ela foi colocada de volta apressadamente, e eu consegui ver o rosto bonito, moreno e amedrontado fitando a estreita abertura da porta do quarto em que estávamos. Então, a porta se fechou, a chave foi girada e tudo ficou em silêncio novamente. Holmes puxou a minha manga e juntos descemos as escadas.

– Voltaremos à noite – informou ele para a ansiosa senhoria. – Watson, acho que podemos discutir melhor esse assunto em casa.

– Minha suposição, como você viu, se provou correta – disse ele, sentado nas profundezas de sua poltrona. – Houve uma troca de inquilinos. O que eu não previ foi encontrar uma mulher, e não era uma mulher comum, Watson.

– Ela nos viu.

– Bem, ela viu algo que a deixou alarmada. Isso é certo. A sequência geral de eventos está clara, não? Um casal busca refúgio em Londres de um perigo terrível. A medida desse perigo é o rigor de suas precauções. O homem, que tem algum trabalho a fazer, deseja que a mulher fique em segurança enquanto ele realiza esse trabalho. Não é um problema fácil, mas ele solucionou de uma forma original e tão efetiva que a presença da mulher não foi notada nem pela senhoria que leva comida para ela. As mensagens impressas, agora está claro, são para evitar que o sexo dela seja descoberto pela caligrafia. O homem não pode se aproximar da mulher para não levar os inimigos até ela. Como não pode se comunicar diretamente com a mulher, usa a coluna no jornal. Até agora, tudo está claro.

– Mas qual é a raiz do problema?

– Ah, sim, Watson, prático com sempre! Qual é a raiz de tudo isso? O extravagante problema da senhora Warren aumenta e assume um aspecto mais sinistro conforme continuamos. Podemos afirmar o seguinte: não se trata de uma simples aventura amorosa. Você viu o rosto da mulher ao sinal de perigo. Também sabemos do ataque ao senhorio, que, sem a menor dúvida, era destinada ao inquilino. Esses alarmes e a necessidade desesperada de sigilo demonstram que é um caso de vida ou morte. O ataque ao senhor Warren nos mostra que o inimigo, quem quer que ele seja, não está ciente da troca do inquilino pela inquilina. É muito curioso e complexo, Watson.

– Por que você deve continuar investigando? O que ganha com isso?

– Realmente, o quê? É a arte pela arte, Watson. Suponho que, quando praticava a medicina, você estudava casos sem pensar nos honorários.

– Para o meu aprendizado, Holmes.

– O aprendizado nunca acaba, Watson. É uma série de lições, sendo a última sempre a melhor. Este é um caso instrutivo. Não tem nem dinheiro nem crédito envolvido. Quando anoitecer, provavelmente estaremos um passo adiante na nossa investigação.

Quando voltamos para a casa da senhora Warren, a escuridão de uma noite de inverno londrina tinha se transformado em uma cortina cinza, uma cor mortiça e monótona, interrompida apenas pelos retângulos amarelos das janelas e os halos embaçados dos lampiões a gás. Enquanto espreitávamos da escura sala de estar da hospedaria, vimos mais uma luz difusa brilhar alto na escuridão.

– Alguém está se movendo naquele quarto – disse Holmes em um sussurro, seu rosto ansioso e esquelético colado na vidraça. – Sim, estou vendo a sombra. Lá está ele de novo! Está com uma vela na mão. Agora está olhando pela janela. Quer se certificar de que ela está à espreita. Agora, ele começou a fazer sinais com a luz. Pegue a mensagem também, Watson, para que possamos comparar depois. Uma única vez, então é um A, certamente. E agora? Quantos você contou? Vinte? Eu também. Então, é o T. Isso forma AT. Outro T. Deve ser o começo de uma segunda palavra. Agora, então... TENTA. Parou. Isso pode ser tudo, Watson? ATTENTA não faz sentido. Nem se forem palavras separadas. AT, TEN, TA, a não ser que T. A. sejam as iniciais de uma pessoa. Está começando outra vez! O quê? ATTE... ora, é a mesma mensagem de novo? Curioso, Watson, muito curioso. Mais uma vez! AT... Por que ele está repetindo pela terceira vez? ATTENTA três vezes! Quantas vezes mais ele vai repetir? Não, parece que acabou. Ele se afastou da janela. O que você acha disso, Watson?

– Uma mensagem cifrada, Holmes.

Meu amigo deu uma gargalhada, compreendendo.

– E não é muito difícil de decifrar, Watson – disse ele. – Ora, claro, é italiano! E o A no final significa que a mensagem era dirigida a uma mulher. "Cuidado! Cuidado! Cuidado!" O que acha disso, Watson?

– Acho que você decifrou.

– Sem a menor dúvida. É uma mensagem urgente que ele repetiu três vezes para enfatizar a urgência. Mas cuidado com quê? Espere um pouco, ele está voltando para a janela.

Mais uma vez, vimos a escura silhueta de um homem agachado e o movimento de uma pequena chama pela janela, enquanto os sinais recomeçavam. Desta vez, vieram com maior rapidez, tanto que foi difícil acompanhá-los.

– PERICOLO... pericolo... O que é isso, Watson? "Perigo", não é? Sim, por Deus, é um sinal de perigo! Lá vai ele de novo! PERI.... O que houve?

A luz, de repente, apagou-se, o retângulo brilhante da janela desapareceu e o terceiro andar formou uma faixa escura ao redor do edifício alto, com suas fileiras de caixilhos brilhantes. O último aviso fora de repente interrompido. Como e por quem? Ambos pensamos a mesma coisa. Holmes ficou de pé onde estava agachado, perto da janela.

– Isso é sério, Watson – exclamou ele. – Tem alguma coisa do mal acontecendo. Por que a mensagem acabaria dessa forma? Eu deveria entrar em contato com a Scotland Yard, mas ainda não devemos sair daqui.

– Devo ir à polícia?

– Precisamos definir a situação com maior clareza. Pode haver alguma interpretação inocente. Venha, Watson, vamos atravessar a rua e ver o que conseguimos descobrir.

Parte 2

Conforme caminhávamos rapidamente pela Howe Street, voltei os olhos para o edifício do qual tínhamos saído. Lá, enquadrada pela janela do andar superior, eu podia ver a sombra de uma cabeça feminina que fitava a noite tensa e rigidamente, esperando com uma ansiedade sem fôlego que a mensagem interrompida fosse retomada. Na entrada do prédio de apartamentos da Howe Street, um homem, de sobretudo e gravata, estava apoiado na grade. Ele se assustou quando a luz bateu em nossos rostos.

– Holmes! – exclamou ele.

– Ora, Gregson! – respondeu meu amigo, apertando a mão do detetive da Scotland Yard. – As viagens terminam com os encontros dos apaixonados. O que o traz aqui?

– As mesmas razões que o trazem, acredito – respondeu Gregson. – Só não imagino como você ficou sabendo.

– Caminhos diferentes, mas levando à mesma encruzilhada. Eu estava pegando os sinais.

– Sinais?

– Sim, daquela janela. Eles foram interrompidos na metade. Viemos saber a razão. Mas como está seguro em suas mãos, não vejo motivo para continuar neste caso.

– Espere um pouco! – exclamou Gregson, ansioso. – Justiça seja feita, senhor Holmes, não houve um caso ainda em que eu não me sentisse mais forte com o senhor ao meu lado. Só existe uma saída para esses apartamentos, então ele está seguro.

– Ele quem?

– Bem, acho que sabemos mais do que o senhor pela primeira vez, senhor Holmes. Deve admitir que somos melhores. – Ele bateu com a bengala no chão e com isso um cocheiro, de chicote na mão, desceu de uma carruagem de aluguel que estava do outro lado da rua. – Deixe-me apresentá-lo ao senhor Sherlock Holmes – disse ele para o cocheiro. – Este é o senhor Leverton, da Agência Pinkerton dos Estados Unidos.

– O herói do mistério da caverna de Long Island? – questionou Holmes. – É um prazer conhecê-lo, senhor.

O americano, um jovem tranquilo, com rosto barbeado e fino, corou com o elogio.

– Estou no caso da minha vida – informou ele. – Se eu conseguir pegar Gorgiano...

– O quê? Gorgiano do Círculo Vermelho?

– Ah, ele tem fama na Europa também, não é? Bem, nós ficamos sabendo de tudo sobre ele nos Estados Unidos. Nós *sabemos* que ele é o responsável por cinquenta assassinatos e ainda assim não temos nenhuma prova para acusá-lo. Eu o segui desde Nova Iorque e estou na cola dele em Londres há uma semana, esperando alguma justificativa para colocar as mãos nele. O senhor Gregson e eu o seguimos até este grande edifício de apartamentos e, como só há uma porta, ele não poderá escapar de nós. Três pessoas já saíram desde que ele entrou, mas posso jurar que ele não era uma delas.

– O senhor Holmes estava falando sobre sinais – contou Gregson. – Como sempre, parece-me que ele sabe muita coisa que não sabemos.

Com poucas e claras palavras, Holmes explicou a situação que se apresentou para nós. O americano juntou as mãos, envergonhado.

– Ele está desconfiando de nós! – afirmou ele.

– Por que você acha isso?

– Bem, está parecendo, não está? Aqui está ele, mandando mensagens para um cúmplice; há vários da gangue dele em Londres. Então, de repente, quando estava falando a alguém que havia perigo conforme o senhor acaba de dizer, ele interrompeu a mensagem. O que pode ter sido exceto que ele nos viu aqui na rua pela janela, percebeu quão perto estava o perigo e que precisa agir imediatamente para evitá-lo? O que sugere, senhor Holmes?

– Que nós subamos agora mesmo para verificar.

– Mas não temos mandado para prendê-lo.

– Ele está em um local desocupado em circunstâncias suspeitas – disse Gregson. – Isso é o suficiente por enquanto. Quando finalmente estivermos com ele, podemos ver se Nova Iorque pode nos ajudar. Eu assumo a responsabilidade de prendê-lo agora.

Nossos oficiais de polícia podem não prezar pela inteligência, mas a coragem nunca deixa a desejar. Gregson subiu as escadas para prender esse assassino desesperado com a mesma tranquilidade e profissionalismo com os quais subiria as escadas da Scotland Yard. O homem de Pinkerton tentou ultrapassá-lo, mas Gregson o deteve com uma firme cotovelada. Os perigos de Londres eram privilégio da polícia de Londres.

A porta da esquerda do terceiro andar estava entreaberta. Gregson a escancarou. Dentro, estava o mais absoluto silêncio e escuridão. Risquei um fósforo para acender a lanterna do detetive. Quando fiz isso e a chama se estabilizou, todos nós demos um suspiro de espanto. Sobre as placas do piso sem carpete, havia uma trilha de sangue fresco. As pegadas vermelhas vinham na nossa direção e levavam a um cômodo cuja porta estava fechada. Gregson a abriu com um empurrão, mantendo a lanterna à sua frente, enquanto todos olhávamos por cima de seus ombros.

No meio do cômodo vazio, havia o corpo encolhido de um homem enorme, o rosto barbeado e moreno em uma grotesca expressão de terror e a cabeça envolvida em uma sinistra poça de sangue que se estendia num amplo círculo sobre o piso de madeira branca. Os joelhos estavam dobrados, as mãos mostravam sua agonia e, projetando-se do meio do pescoço grosso e voltado para cima, via-se o cabo branco de um punhal enfiado fundo no seu corpo. Gigante como era, o homem devia ter caído como um touro abatido por um machado diante daquele terrível golpe. Junto da sua mão direita, jogado no chão, estava um punhal de dois gumes com cabo de marfim e, ao lado dele, uma luva preta de pelica.

– Por Deus! É o próprio Black Gorgiano! – exclamou o detetive americano. – Alguém chegou na nossa frente desta vez.

– Aqui está a vela na janela, senhor Holmes – disse Gregson. – Ora, o que você está fazendo?

Holmes havia atravessado o cômodo, acendido a vela e a estava passando pela frente e por trás da vidraça. Então, ele olhou para fora, através da escuridão, apagou a vela e jogou-a no chão.

– Acho que vai ser útil – disse ele, aproximando-se; depois ficou perdido em pensamentos, enquanto os dois profissionais examinavam o corpo. – Você disse que três pessoas saíram do edifício enquanto estava lá embaixo esperando – disse ele finalmente. – Você as observou com atenção?

– Observei sim.

– Uma delas era um sujeito mediano, de uns trinta anos, moreno e com barba preta?

– Sim, ele foi o último a passar por mim.

– Acredito que esse seja o homem. Posso lhe dar a descrição dele, e temos uma excelente marca da sua pegada. Isso deve ser suficiente.

– Não muito, senhor Holmes, entre os milhões em Londres.

— Talvez não. Por isso eu pensei que seria melhor esta dama vir ajudá-lo.

Todos nos viramos ao escutar as palavras. Ali, parada na porta, estava uma linda mulher alta: a misteriosa inquilina de Bloomsbury. Devagar, ela avançou, o rosto pálido com uma expressão amedrontada e apreensiva, os olhos fixos no corpo caído no chão.

— Os senhores o mataram! – sussurrou ela. – Oh, *Dio mio*, os senhores o mataram! – Então, escutei quando ela respirou fundo e soltou um grito de alegria. Rodopiando pela sala, ela dançava e batia palmas, os olhos brilhando de felicidade, e diversas exclamações em italiano saindo de seus lábios. Era terrível e surpreendente ver a mulher comemorando com tanta alegria aquela cena. De repente, ela parou e nos fitou com um olhar interrogativo.

— Mas os senhores são da polícia, não são? Os senhores mataram Giuseppe Gorgiano. Não é isso?

— Nós somos da polícia, senhora.

Ela olhou em volta da sala escura.

— Mas onde está Gennaro, então? – perguntou ela. – Ele é meu marido, Gennaro Lucca. Eu sou Emilia Lucca e moramos em Nova Iorque. Onde está Gennaro? Ele me chamou da janela agora mesmo e eu saí correndo o mais rápido que pude.

— Fui eu que a chamei – disse Holmes.

— O senhor! Como poderia?

— O seu código não era difícil, senhora. E sua presença era necessária. Eu sabia que só precisava mandar-lhe o sinal de '*Vieni*' e a senhora viria.

A bela italiana encarou meu amigo com espanto.

— Eu não entendo como o senhor sabe dessas coisas – disse ela. – Giuseppe Gorgiano... ele... – Ela fez uma pausa e, de repente, o rosto se iluminou de orgulho e prazer. – Agora, eu entendo! Meu Gennaro! Meu lindo e maravilhoso Gennaro, que me protegeu de todo mal! Ele fez isso com suas próprias mãos fortes! Ele matou o monstro! Ah, Gennaro, como você é maravilhoso! Que mulher poderia ser digna desse homem?

– Bem, senhora Lucca – disse o prosaico Gregson, segurando a mulher pela manga com tão pouco sentimento quanto se ela fosse um baderneiro de Notting Hill –, ainda não entendi muito bem quem a senhora é ou o que é, mas disse o suficiente para deixar claro que precisamos que vá à Yard.

– Um momento, Gregson – disse Holmes. – Eu acredito que essa senhora esteja tão ansiosa para nos dar informações quanto nós estamos em obtê-las. A senhora entende que seu marido será preso e julgado pelo assassinato do homem que está caído à nossa frente? O que disser poderá ser usado como prova. Mas, se a senhora acha que ele agiu com motivações não criminosas, o melhor que pode fazer para ajudá-lo é contar-nos toda a história.

– Agora que Gorgiano está morto, não temos nada a temer – disse a mulher. – Ele era um demônio e um monstro. E não pode haver júri no mundo que vá punir meu marido por tê-lo matado.

– Nesse caso – falou Holmes –, sugiro que essa porta seja trancada, com tudo exatamente como encontramos, para irmos com a dama até o quarto dela a fim de formarmos uma opinião depois de escutarmos o que ela tem a nos dizer.

Meia hora depois, estávamos todos sentados na pequena sala de estar da *Signora* Lucca, escutando sua extraordinária narrativa sobre os sinistros eventos, cujo final tivemos a chance de testemunhar. Ela falava em um inglês rápido e fluente, mas pouco convencional. Assim, para deixar mais claro, seguirei a gramática.

– Nasci em Posilippo, perto de Nápoles – disse ela –, e sou filha de Augusto Barelli, que era o advogado-geral e certa vez foi deputado daquela região. Gennaro trabalhava para meu pai e eu me apaixonei por ele, como qualquer mulher se apaixonaria. Ele não tinha nem dinheiro nem cargo, nada além de sua beleza, sua força e sua energia; então meu pai proibiu o namoro. Fugimos juntos e nos casamos em Bari, onde vendi as minhas joias para conseguir o dinheiro que nos levaria para os Estados Unidos. Isso foi quatro anos atrás, e ficamos em Nova Iorque desde então.

– A sorte estava a nosso favor no começo – prosseguiu a mulher. – Gennaro ajudou um cavalheiro italiano, salvando-o de uns bandidos em uma rua chamada Bowery, e assim fez um amigo poderoso. O nome dele era Tito Castalotte e ele era sócio majoritário da importante empresa Castalotte and Zamba, que é a principal importadora de frutas de Nova Iorque. O *Signor* Zamba é inválido, e nosso amigo Castalotte era quem tinha o poder dentro da companhia, que emprega mais de trezentos homens. Ele deu um emprego ao meu marido, tornou-o chefe de departamento e mostrou-se bem disposto a ajudá-lo de todas as formas. O *Signor* Castalotte era solteiro e acredito que ele considerava Gennaro como um filho, assim como eu e meu marido o amávamos como se fosse nosso pai. Compramos e mobiliamos uma casinha no Brooklyn e nosso futuro parecia assegurado, até que uma nuvem negra se instalou sobre nossas cabeças.

– Uma noite, quando Gennaro voltou do trabalho, trouxe um italiano com ele – continuou ela. – Seu nome era Gorgiano e também era de Posilippo. Ele era um homem grande, como vocês viram pelo cadáver. Não apenas o corpo era de gigante, mas tudo nele era grotesco, gigantesco e assustador. A voz dele soava como um trovão na nossa casinha. Mal havia espaço para ele mexer os braços enquanto falava. Seus pensamentos, suas emoções, suas paixões, tudo era exagerado e monstruoso. Ele falava, ou melhor, rugia com tanta energia que os outros só escutavam, intimidados com aquela torrente de palavras. Seus olhos faiscavam e todos ficavam à mercê dele. Ele era um homem terrível e espantoso. Graças a Deus está morto!

– Ele continuava indo à nossa casa, mas eu percebia que Gennaro não ficava mais satisfeito com a presença dele. Meu pobre marido ficava sentado apático, escutando os delírios intermináveis sobre política e sobre questões sociais que resumiam a conversa do nosso visitante. Gennaro não dizia nada, mas, como eu o conhecia bem, conseguia ver em seu rosto uma emoção que eu nunca vira antes. No início, achei que fosse antipatia. Então, aos poucos, entendi que era mais do que antipatia. Era um medo profundo, secreto, que o fazia se sentir diminuído. Naquela noite em que vi o terror no rosto dele, eu o abracei e implorei, pelo amor que ele sentia por mim e por tudo que era mais sagrado, que não escondesse nada de mim e me contasse por que aquele homem enorme o assustava.

– Ele me contou, e meu coração foi ficando gelado conforme eu o escutava. Meu pobre Gennaro, na época em que era rebelde e impetuoso, quando o mundo todo parecia contra ele e sua mente estava emlouquecida pelas injustiças da vida, entrou para uma sociedade napolitana, o Círculo Vermelho, que era aliada dos antigos carbonários. Os juramentos e segredos dessa irmandade eram assustadores, mas, uma vez sob suas regras, não havia escapatória possível. Quando fugimos para os Estados Unidos, Gennaro pensou que tivesse se libertado daquilo para sempre. Mas, para seu horror, uma noite, ele encontrou nas ruas de Nova Iorque o mesmo homem que o havia iniciado em Nápoles, o gigante Gorgiano, um sujeito que recebera o apelido de "Morte" no sul da Itália, pois tinha as mãos sujas do sangue de inúmeros assassinatos! Ele havia ido para Nova Iorque para fugir da polícia italiana e já começara uma filial da sua sociedade assustadora na nova cidade. Gennaro me contou tudo isso e me mostrou uma convocação que ele recebera naquele mesmo dia, com um círculo vermelho desenhado no topo, dizendo que haveria uma apresentação em determinada data e que a presença dele era exigida.

– Isso já era ruim, mas o pior ainda estava por vir. Eu já havia notado que, quando ia à nossa casa, Gorgiano falava muito comigo; e, mesmo quando as palavras dele eram para o meu marido, aqueles terríveis olhos bestiais estavam em mim. Uma noite, ele revelou seu segredo. Eu havia despertado o que ele chamava de "amor" dentro dele, o amor de um selvagem, de um brutamontes. Gennaro ainda não tinha voltado quando ele chegou. Ele forçou a entrada, agarrou-me com aqueles braços fortes, abraçou-me e me cobriu de beijos, implorando que eu ficasse com ele. Eu estava lutando e gritando quando Gennaro entrou e o atacou. Ele acertou meu marido e fugiu da nossa casa, onde nunca mais entraria. Fizemos um inimigo mortal naquela noite.

– Alguns dias depois, era a reunião. Quando Gennaro voltou, vi no rosto dele que algo terrível havia acontecido. Era pior do que poderíamos imaginar. Os fundos da sociedade vinham de chantagem a italianos ricos e ameaças se eles se recusassem a dar dinheiro. Eles procuraram Castalotte, nosso querido amigo e benfeitor, que se recusou a ceder às ameaças e entregou os comunicados à polícia. Ficou resolvido que esse caso deveria servir de exemplo para evitar que outras vítimas se rebelassem. Então, providenciaram para que ele e a casa dele fossem explodidos com dinamite. Foi feito um sorteio para decidir quem executaria o crime. Gennaro viu o rosto cruel do inimigo sorrindo para ele quando enfiou a mão na sacola. Sem dúvida, tudo havia sido armado de alguma forma, pois foi o disco fatal com o círculo vermelho sob a ordem para o assassinato, que estava na palma da sua mão. Gennaro teria que matar o melhor amigo ou exporia a si mesmo e a mim à vingança de seus camaradas. Fazia parte do sistema diabólico deles punir aqueles a quem temiam ou odiavam, fazendo mal não somente a eles, mas também às pessoas que amavam. E, sabendo disso, meu Gennaro ficou quase louco de apreensão.

– Passamos aquela noite toda juntos, abraçados, um dando força para o outro a fim de suportarmos o que estava diante de nós. O atentado estava marcado para a noite seguinte. Ao meio-dia, eu e meu marido estávamos a caminho de Londres, mas não antes de avisar ao nosso benfeitor sobre o perigo e de deixar tal informação com a polícia, de forma que pudessem proteger a vida dele no futuro.

– Os senhores já sabem o resto. Nós tínhamos certeza de que nossos inimigos viriam atrás de nós como sombras. Gorgiano tinha razões particulares para a vingança e nós sabíamos como ele era cruel, ardiloso e incansável. Itália e Estados Unidos estavam cheios de histórias dos seus terríveis poderes. Se algum dia ele quisesse usá-los, seria agora. Meu marido aproveitou os poucos dias livres que tivemos ao chegar aqui para providenciar um refúgio para mim de forma que nenhum perigo pudesse me atingir. Quanto a ele, sua vontade era estar livre para poder avisar às polícias americana e italiana. Eu mesma não sei onde ele estava morando nem como. Tudo que fiquei sabendo foi pelas colunas de um jornal. Mas, um dia, eu olhei pela janela e vi dois italianos vigiando a casa e percebi que, de alguma forma, Gorgiano havia descoberto nosso esconderijo. Finalmente, Gennaro me disse, por meio do jornal, que me mandaria sinais pela janela; mas, quando os sinais vieram, não passavam de avisos, que foram interrompidos de repente. Para mim, está claro que ele sabia que Gorgiano estava por perto. Mas, graças a Deus, ele estava preparado quando o bandido chegou. E agora, cavalheiros, gostaria de saber se devemos temer a lei e se algum juiz poderia condenar Gennaro pelo que fez?

– Bem, senhor Gregson – disse o americano, olhando para o policial inglês –, não sei qual é o seu ponto de vista britânico, mas acredito que em Nova Iorque, vão agradecer ao marido dessa senhora.

– Ela terá que vir comigo falar com o chefe – respondeu Gregson. – Se o que ela disse for confirmado, acredito que nem ela nem o marido terão o que temer. Mas o que eu não consegui entender ainda, senhor Holmes, é como *o senhor* veio parar nessa história.

– Aprendizado, Gregson, aprendizado. Ainda buscando conhecimento na velha universidade. Bem, Watson, você tem mais um espécime grotesco e trágico para a sua coleção. A propósito, ainda não são oito horas e, se nos apressarmos, conseguiremos assistir ao segundo ato de Wagner no Covent Garden!

Capítulo 5

• O DESAPARECIMENTO DE LADY FRANCES CARFAX •

TRADUÇÃO: GABRIELA PERES GOMES

—Mas por que turco? – perguntou o senhor Sherlock Holmes, olhando fixamente para minhas botas. Naquele momento, eu estava reclinado em uma cadeira de vime com espaldar, e meus pés estirados haviam atraído sua atenção sempre alerta.

– Inglês – respondi com certa surpresa. – Comprei-os no Latimer's, na Oxford Street.

Holmes sorriu com uma expressão de paciência fatigada.

– O banho! – exclamou. – O banho! Por que o relaxante e custoso banho turco em vez do revigorante artigo caseiro?

– Porque nos últimos dias tenho me sentido reumático e velho. Um banho turco é o que chamamos de "alterativo" na medicina, um novo ponto de partida, um purificador do sistema.

– A propósito, Holmes – acrescentei –, não tenho dúvida de que a conexão entre minhas botas e um banho turco é perfeitamente óbvia para uma mente lógica, e ainda assim eu ficaria grato se pudesse me indicar qual é ela.

– A linha de raciocínio não é muito obscura, Watson – disse Holmes, com uma piscadela maliciosa. – Pertence à mesma classe elementar de dedução que eu demonstraria se lhe perguntasse com quem você dividiu um cabriolé esta manhã.

– Não admito que uma demonstração seja uma explicação – declarei, um tanto ríspido.

– Muito bem, Watson! Um protesto muito digno e lógico. Deixe-me ver, quais foram os pontos? Vamos começar pelo último: o cabriolé. Observe que tem alguns respingos na manga esquerda e no ombro do seu casaco. Se você tivesse se sentado no meio de um cabriolé, provavelmente não teria respingos e, se os tivesse, certamente seriam simétricos. Portanto, fica evidente que você se sentou em uma das laterais. Sendo assim, torna-se igualmente evidente que você estava acompanhado.

– Isso é muito claro.

– Absurdamente trivial, não é?

– Mas e quanto às botas e ao banho?

– Igualmente pueril. Você tem o hábito de amarrar os cadarços de suas botas de uma certa maneira. E agora vejo que estão amarrados com um laço duplo elaborado, que não é de seu feitio. Portanto, você tirou as botas. Quem as amarrou? Um sapateiro... ou um funcionário do banho. É improvável que tenha sido um sapateiro, já que suas botas são quase novas. Bem, o que resta? O banho. Absurdo, não acha? Mas, apesar de tudo isso, o banho turco serviu a um propósito.

– E qual foi ele?

– Você diz que o tomou porque precisa de uma mudança. Deixe-me sugerir-lhe uma. Que tal Lausanne, meu caro Watson? Passagens de primeira classe e todas as despesas pagas em uma escala principesca?

– Esplêndido! Mas por quê?

Holmes recostou-se na poltrona e tirou o bloco de anotações do bolso.

— Um dos tipos mais perigosos do mundo — disse ele — é a mulher errante e sem amigos. Ela é o mais inofensivo, e frequentemente o mais útil dos mortais, mas é a incitadora inevitável do crime por parte de outros. Ela é impotente. É migratória. Tem recursos suficientes para levá-la de um país a outro e de um hotel a outro. Frequentemente se vê perdida em um labirinto de pensões e hospedarias obscuras. É uma galinha errática em um mundo de raposas. Quando é devorada, quase não sentem sua falta. Temo que algum mal tenha se abatido sobre a Lady Frances Carfax.

Fiquei aliviado com essa súbita descida do geral ao particular. Holmes consultou suas anotações.

— Lady Frances — continuou ele — é a única sobrevivente da família direta do falecido conde de Rufton. As propriedades foram transmitidas, como você deve se lembrar, na linhagem masculina. Ela ficou com recursos limitados, mas com algumas joias de prata espanholas antigas e muito extraordinárias, além de alguns diamantes de lapidação curiosa aos quais era bastante apegada... demasiado apegada, pois se recusava a deixá-los com seu banqueiro e sempre os carregava consigo. Uma figura bastante patética, a Lady Frances. Uma bela mulher, ainda no auge da meia-idade, e, no entanto, por uma estranha mudança, tornou-se o último navio abandonado do que era uma excelente frota apenas vinte anos atrás.

— E o que aconteceu com ela?

— Ah, o que aconteceu com Lady Frances? Estará viva ou morta? Esse é o nosso problema. Ela é uma senhora de hábitos metódicos e, durante quatro anos, tem sido seu costume invariável escrever de duas em duas semanas para a senhorita Dobney, sua antiga governanta, que se aposentou há muitos anos e mora em Camberwell. Foi essa senhorita Dobney quem me consultou. Quase cinco semanas se passaram sem uma palavra. A última carta foi enviada do Hôtel National, em Lausanne. Ao que parece, Lady Frances saiu de lá e não deixou nenhum endereço. A família está apreensiva e, como eles são extremamente ricos, nenhuma quantia será poupada se conseguirmos esclarecer a questão.

– A senhorita Dobney é a única fonte de informação? Certamente a dama devia ter outros correspondentes, não?

– Há um correspondente que é um tiro certo, Watson. É o banco. Mulheres solteiras precisam viver e suas cadernetas bancárias são diários compactados. O banco dela é o Silvester. Dei uma olhada em sua conta. O penúltimo cheque pagou suas despesas em Lausanne, mas era um grande montante e provavelmente a deixou com dinheiro vivo em mãos. Depois desse, apenas mais um cheque foi emitido.

– Para quem e onde?

– Para a senhorita Marie Devine. Não há nada que indique onde o cheque foi emitido. O saque foi realizado no Crédit Lyonnais em Montpellier, menos de três semanas atrás. O valor era de cinquenta libras.

– E quem é a senhorita Marie Devine?

– Isso eu também consegui descobrir. A senhorita Marie Devine era a criada de Lady Frances Carfax. Por que motivo ela lhe teria pagado esse cheque ainda não descobrimos. Não tenho dúvida, no entanto, de que suas investigações em breve esclarecerão o assunto.

– *Minhas* investigações!

– Por isso a expedição revigorante para Lausanne. Você sabe que não posso de forma alguma deixar Londres enquanto o velho Abrahams continuar temendo pela própria vida. Além disso, em princípios gerais, é melhor que eu não saia do país. A Scotland Yard sente-se solitária sem mim e isso suscita uma algazarra nociva entre as classes criminosas. Vá, então, meu caro Watson, e, se meu humilde conselho valer de alguma coisa, estará à sua disposição noite e dia, mediante a taxa extravagante de dois centavos a palavra, ao fim desta ponta do telégrafo continental.

Dois dias depois, eu me encontrava no Hôtel National, em Lausanne, onde fui tratado com todas as cortesias pelo *monsieur* Moser, o distinto gerente. Lady Frances, conforme ele me informou, havia passado várias semanas hospedada ali. Fora muito apreciada por todos que tiveram contato com ela. Não tinha mais de quarenta anos. Ainda era bonita e apresentava todos os indícios de ter sido uma mulher muito atraente em sua juventude. *Monsieur* Moser não sabia nada sobre joias valiosas, mas os funcionários haviam comentado que o pesado baú no quarto da dama estava sempre escrupulosamente trancado. Marie Devine, a criada, era tão querida quanto a patroa. Na verdade, ficara noiva de um dos chefes dos garçons do hotel e não houve dificuldade em conseguir seu endereço. Era na Rue de Trajan, número 11, em Montpellier. Anotei tudo isso e senti que nem mesmo o próprio Holmes poderia ter sido mais hábil coletando os fatos.

Apenas um aspecto ainda permanecia nas sombras. Nenhuma luz poderia me esclarecer o motivo por trás da súbita partida da dama. Ela estava muito feliz em Lausanne. Havia muitas razões para crer que ela pretendia continuar em seus luxuosos aposentos com vista para o lago durante toda a estação. E, no entanto, partira de um dia para o outro, o que a obrigou ao inútil pagamento das diárias de uma semana. Apenas Jules Vibart, o noivo da criada, tinha alguma sugestão a oferecer. Ele relacionou a partida repentina a uma visita, um ou dois dias antes, que um homem alto, moreno e barbado fizera ao hotel. "*Un sauvage, un veritable sauvage!*", exclamou Jules Vibart. O homem tinha seus próprios aposentos em algum ponto da cidade. Fora visto travando uma conversa séria com a dama na trilha que ladeava o lago. Então fizera uma visita. Ela se recusara a vê-lo. Ele era inglês, mas não havia registro de seu nome. A dama partira do local logo depois. Jules Vibart e, o que era mais importante, a amada de Jules Vibart, achavam que havia entre essa visita e a partida da dama uma relação de causa e efeito. Jules se recusou a comentar sobre uma única coisa: a razão pela qual Marie deixara a patroa. Sobre isso, não podia ou não queria dizer nada. Se eu quisesse saber, deveria ir a Montpellier e perguntar a ela.

Assim terminou o primeiro capítulo de minha investigação. O segundo foi dedicado ao lugar para onde Lady Frances Carfax partira quando saiu de Lausanne. Houvera algum sigilo a respeito desse ponto, o que confirmava a ideia de que ela fora com a intenção de despistar alguém. Caso contrário, por que sua bagagem não havia sido remetida diretamente para Baden? Tanto ela quanto sua bagagem chegaram à estância termal renana por um caminho tortuoso. Obtive essas informações com o gerente do escritório local de Cook. Assim, parti rumo a Baden, após despachar para Holmes um relato de toda a minha conduta e receber em resposta um telegrama com elogios um tanto zombeteiros.

Em Baden, não foi difícil seguir a pista da dama. Lady Frances passara duas semanas hospedada no Englischer Hof. Enquanto esteve lá, conhecera um tal de doutor Shlessinger, um missionário da América do Sul, e a esposa dele. Assim como a maioria das mulheres solitárias, Lady Frances encontrou conforto e ocupação na religião. A personalidade notável do doutor Shlessinger, sua devoção sincera e o fato de que ele estava se recuperando de uma doença contraída enquanto exercia seus deveres apostólicos a impressionaram profundamente. Ela havia ajudado a senhora Shlessinger a cuidar do santo convalescente. Ele passava o dia, conforme o gerente me descreveu, em uma espreguiçadeira na varanda, com uma acompanhante de cada lado. Estava elaborando um mapa da Terra Santa, com referência especial ao reino dos midianitas, sobre o qual estava escrevendo uma monografia. Finalmente, tendo melhorado muito de saúde, ele e a esposa haviam voltado para Londres, e Lady Frances fora para lá na companhia deles. Isso acontecera apenas três semanas antes, e o gerente não ficara sabendo de mais nada desde então. Quanto à criada Marie, partira alguns dias antes, aos prantos, após informar às outras criadas que estava saindo do serviço para sempre. O doutor Shlessinger havia pagado a conta de todos eles antes de ir embora.

– A propósito – concluiu o gerente –, você não é o único amigo de Lady Frances Carfax a perguntar sobre ela. Há mais ou menos uma semana, um homem veio aqui com o mesmo intuito.

– Ele disse como se chamava? – perguntei.

– Não. Mas era inglês, ainda que de um tipo inusitado.

– Um selvagem? – perguntei, interligando meus fatos, à moda de meu ilustre amigo.

– Exatamente. Isso o descreve muito bem. Era um sujeito corpulento, barbado e queimado de sol, que passava a impressão de que se sentiria mais em casa em uma pousada rural do que em um hotel luxuoso. Um homem duro e impetuoso, creio eu, a quem eu evitaria ofender.

O mistério já começava a se definir, do mesmo modo que silhuetas se tornam mais nítidas com o dissipar de um nevoeiro. Ali estava aquela dama boa e piedosa sendo perseguida de um lugar a outro por uma figura sinistra e implacável. Ela o temia, ou não teria fugido de Lausanne. E ele continuara a segui-la. Mais cedo ou mais tarde, acabaria por alcançá-la. Ou será que já o tinha feito? Seria *esse* o segredo por trás de seu silêncio contínuo? Será que as boas pessoas que a acompanhavam não tinham conseguido protegê-la da violência ou da chantagem dele? Que propósito horrível, que intenção obscura estariam por trás dessa longa perseguição? Esse era o problema que eu precisava resolver.

Escrevi a Holmes mostrando com que rapidez e certeza eu havia chegado ao cerne da questão. Em resposta, recebi um telegrama pedindo uma descrição da orelha esquerda do doutor Shlessinger. Como as percepções de humor de Holmes são estranhas e ocasionalmente ofensivas, não dei atenção àquele gracejo inoportuno. Na verdade, antes que sua mensagem me alcançasse, eu já havia chegado a Montpellier em busca da criada Marie.

Não foi difícil encontrar a ex-criada e ficar a par de tudo que ela podia me dizer. Era uma criatura devotada, que só deixara a patroa porque tinha certeza de que ela estava em boas mãos e porque a iminência de seu próprio casamento tornava a separação inevitável de qualquer forma. Sua patroa, conforme ela me confessou com angústia, havia demonstrado certa irritação em relação a ela durante a estada em Baden, e até mesmo chegou a questioná-la em determinada ocasião como se desconfiasse de sua honestidade, o que tornara a separação mais fácil do que teria sido.

Lady Frances lhe dera cinquenta libras como presente de casamento. Assim como eu, Marie via com profunda desconfiança o estranho que levara sua patroa a partir de Lausanne. Ela vira com seus próprios olhos o sujeito agarrar o pulso da dama com grande violência no passeio público à beira do lago. Era um homem violento e terrível. Marie acreditava que tinha sido por medo dele que Lady Frances aceitara a companhia dos Shlessinger até Londres. A patroa nunca tinha falado sobre isso com Marie, mas alguns pequenos indícios a convenceram de que a dama vivia em um estado contínuo de apreensão nervosa. A criada havia discorrido até esse ponto da narrativa quando, de súbito, levantou-se de um salto e suas feições se contorceram de surpresa e medo.

– Veja! – exclamou ela. – O canalha ainda me segue! Ali está o homem de quem falo.

Pela janela aberta da sala de estar, vi um homem enorme e moreno, com uma barba preta e eriçada, a caminhar lentamente pelo centro da rua, lançando olhares sequiosos para o número das casas. Estava claro que, assim como eu, ele estava no encalço da criada. Movido pelo impulso do momento, corri para fora e o abordei.

– Você é inglês – disse eu.

– E se for? – perguntou-me com uma carranca vilanesca.

– Posso perguntar qual é o seu nome?

– Não, não pode – declarou de forma decidida.

Era uma situação constrangedora, mas as maneiras mais diretas costumam ser as melhores.

– Onde está Lady Frances Carfax? – indaguei.

Ele me fitou com espanto.

– O que você fez com ela? Por que a perseguiu? Exijo uma resposta! – declarei.

O sujeito deu um berro de raiva e saltou sobre mim como um tigre. Já me saí razoavelmente bem em muitas lutas, mas aquele homem tinha um punho de ferro e a fúria de um demônio. Sua mão envolvia meu pescoço e eu estava quase perdendo os sentidos quando um *ouvrier* francês, com barba por fazer e um blusão azul, saiu às pressas de um cabaré em frente, com um porrete na mão, e golpeou meu agressor com um estalo agudo no antebraço, forçando-o a me soltar. Por um instante, fumegando de raiva, ele ficou sem saber se deveria ou não partir para um novo ataque. Então, com um grunhido furioso, deixou-me e entrou no chalé de onde eu acabara de sair. Virei-me para agradecer ao meu salvador, que estava ao meu lado na rua.

– Bem, Watson – disse ele –, mas que bela confusão você aprontou! Creio que seja melhor que volte comigo para Londres no expresso noturno.

Uma hora mais tarde, Sherlock Holmes, em traje e estilo habituais, estava sentado em meu quarto no hotel. A explicação que forneceu para sua aparição súbita e oportuna era extremamente simples: ao descobrir que podia sair de Londres, decidiu me encontrar no próximo ponto óbvio de minha viagem. Disfarçado de operário, ele se sentara no cabaré e aguardara a minha chegada.

– E você empreendeu uma investigação de singular consistência, meu caro Watson – declarou. – Não consigo me lembrar neste momento de nenhum erro que você tenha deixado de cometer. O efeito geral de sua conduta foi dar o alarme em todos os cantos e, ainda assim, não descobrir nada.

– Talvez você não tivesse feito melhor – respondi amargamente.

– Não há "talvez" nessa história. Eu *fiz* melhor. Aqui está o *honourable* Philip Green, que também está hospedado neste hotel. Nele podemos encontrar o ponto de partida para uma investigação mais bem-sucedida.

Um cartão chegara em uma bandeja, seguido pelo mesmo rufião barbudo que me atacara na rua. Ficou sobressaltado ao me ver.

– O que é isso, senhor Holmes? – perguntou ele. – Recebi seu recado e vim. Mas o que esse homem tem a ver com o assunto?

– Este aqui é o meu velho amigo e associado, doutor Watson, que está nos ajudando neste caso.

O estranho estendeu a mão enorme e queimada de sol, murmurando algumas palavras de desculpa.

– Espero não tê-lo machucado. Quando o senhor me acusou de fazer mal a ela, perdi o controle. Na verdade, não respondo por meus atos nesses tempos. Meus nervos estão à flor da pele. Mas não consigo compreender essa situação. O que quero saber, antes de qualquer coisa, senhor Holmes, é como diabos ficou sabendo da minha existência.

– Estou mantendo contato com a senhorita Dobney, governanta de Lady Frances.

– A velha Susan Dobney com sua touca! Lembro-me bem dela.

– E ela se lembra do senhor. Isso aconteceu antes... antes de o senhor achar melhor partir para a África do Sul.

– Ah, vejo que conhece toda a minha história. Não preciso esconder nada dos senhores. Eu lhe juro, senhor Holmes, que nunca neste mundo um homem nutriu um amor tão sincero quanto o que sinto por Frances. Eu era um jovem indomado, sei disso... mas não pior do que outros de minha classe. Mas a mente dela era pura como a neve. Ela não podia tolerar o menor indício de grosseria. Então, quando descobriu as coisas que eu havia feito, não quis mais falar comigo. E, no entanto, ela me amava! Isso é assombroso! Ela me amava tanto a ponto de permanecer solteira pelo resto de sua vida somente por minha causa. Com o passar dos anos, fiz fortuna em Barberton e pensei que talvez pudesse procurá-la e acalmá-la. Ouvi dizer que ainda não havia se casado. Encontrei-a em Lausanne e fiz tudo o que pude. Ela quase cedeu, creio eu, mas sua vontade era de ferro e, quando tornei a procurá-la, havia ido embora da cidade. Descobri que estava em Baden e, passado algum tempo, fiquei sabendo que a criada dela estava aqui. Sou um sujeito rude, que teve uma vida difícil, e, quando o doutor Watson falou comigo daquela forma, perdi o controle por um momento. Mas, pelo amor de Deus, diga-me o que aconteceu com Lady Frances.

– Isso cabe a nós descobrir – declarou Sherlock Holmes, com uma gravidade peculiar. – Qual é o seu endereço em Londres, senhor Green?

— O Langham Hotel saberá onde me encontrar.

— Então, posso lhe recomendar que volte para lá e esteja disponível caso eu precise do senhor? Não tenho a menor intenção de alimentar falsas esperanças, mas pode ter certeza de que tudo o que puder ser feito pela segurança de Lady Frances será feito. Não posso dizer mais nada no momento. Deixarei este cartão para que o senhor possa manter contato conosco. Agora, Watson, se puder arrumar suas malas, vou telegrafar para a senhora Hudson e pedir que faça seus melhores esforços para dois viajantes que chegarão famintos às sete e meia de amanhã.

Havia um telegrama à nossa espera quando chegamos aos nossos aposentos em Baker Street. Holmes o leu com uma exclamação de interesse e depois o jogou para mim. "Mordida ou arrancada", dizia a mensagem, que fora enviada de Baden.

— O que significa isto? — perguntei.

— Significa tudo — respondeu Holmes. — Você deve se lembrar de que fiz uma pergunta aparentemente irrelevante sobre a orelha esquerda daquele clérigo. Você não a respondeu.

— Eu já havia ido embora de Baden e não pude investigar.

— Exatamente. Por esse motivo, enviei uma cópia do telegrama ao gerente do Englischer Hof, cuja resposta é esta aqui.

— O que ela mostra?

— Mostra, meu caro Watson, que estamos lidando com um homem excepcionalmente astuto e perigoso. O reverendo doutor Shlessinger, missionário da América do Sul, não é outro senão Holy Peters, um dos patifes mais inescrupulosos que a Austrália já produziu... e, para um país tão jovem, ela já produziu alguns tipos muito bem-acabados. Sua especialidade é aproveitar-se de mulheres solitárias, apelando para seus sentimentos religiosos; e sua suposta esposa, uma inglesa chamada Fraser, é uma companheira digna dele. A natureza de suas táticas me sugeriu sua identidade; e essa peculiaridade física, visto que ele foi severamente mordido em uma briga de bar em Adelaide, em 1889, confirmou minhas suspeitas. Essa pobre dama está nas mãos de um casal infernal, que não deixará nada impedir seu caminho, Watson. Que ela já esteja morta é uma suposição bastante provável. Se não, está sem dúvida em algum tipo de confinamento e incapaz de escrever para a senhorita Dobney ou para seus outros amigos. Também existe a possibilidade de que ela jamais tenha chegado a Londres ou que já tenha passado por aqui, mas a primeira opção é improvável, pois, com seu sistema de registro, não é fácil para os estrangeiros trapacear a polícia continental; e a segunda é igualmente improvável, tendo em vista que esses canalhas não poderiam encontrar nenhum outro lugar em que fosse tão fácil manter uma pessoa confinada. Todos os meus instintos me dizem que ela está em Londres, mas como por ora não temos meios de descobrir onde, só nos resta dar os passos óbvios, jantar e inflar nossas almas com paciência. Mais tarde, vou dar uma volta e ter uma palavrinha com o amigo Lestrade, na Scotland Yard.

Mas nem a polícia oficial, nem a própria organização pequena mas muito eficiente de Holmes bastaram para esclarecer o mistério. Em meio aos milhões amontoados em Londres, as três pessoas que procurávamos estavam obliteradas de tal modo que era como se nunca tivessem existido. Anúncios foram feitos e não deram em nada. Pistas foram seguidas e não levaram a lugar nenhum. Cada antro criminal a que Shlessinger poderia ter ido foi vasculhado em vão. Seus antigos comparsas foram vigiados, mas se mantiveram longe dele. E então, de repente, depois de uma semana de suspense impotente, surgiu um fresta de luz. Um pingente de prata e brilhantes de estilo espanhol antigo fora penhorado na Bovington's, a casa de penhores na Westminster Road. O homem que fizera a penhora era um sujeito grandalhão, barbeado e de aparência clerical. Seu nome e endereço eram comprovadamente falsos. A orelha escapara à atenção, mas a descrição certamente correspondia à de Shlessinger.

Nosso amigo barbado do Langham Hotel aparecera três vezes para pedir notícias, sendo a terceira menos de uma hora depois desse novo desdobramento. Suas roupas estavam ficando largas em seu corpanzil.

Ele parecia estar murchando de ansiedade. "Se vocês ao menos me dessem algo para fazer!", era seu lamento constante. Por fim, Holmes pôde atender aos seus pedidos.

– Ele começou a penhorar as joias. Agora vamos apanhá-lo.

– Mas isso não significa que algo de ruim aconteceu a Lady Frances? Holmes meneou a cabeça muito gravemente.

– Supondo que eles a tenham mantido prisioneira até agora, fica evidente que não podem libertá-la sem causar sua própria destruição. Devemos nos preparar para o pior.

– O que eu posso fazer?

– Essas pessoas não o conhecem de vista?

– Não.

– É possível que ele vá a alguma outra casa de penhores no futuro. Nesse caso, deveremos começar de novo. Por outro lado, ele obteve um preço justo e nenhuma pergunta foi feita. Então, se precisar de dinheiro vivo, provavelmente voltará para a Bovington's. Vou lhe entregar um bilhete para que mostre a eles e o deixarão esperar na loja. Se o sujeito aparecer, o senhor o seguirá até em casa. Mas sem indiscrição e, acima de tudo, sem violência. Deposito no senhor a confiança de que não dará nenhum passo sem meu conhecimento e consentimento.

Durante dois dias, o *honourable* Philip Green (ele era, devo mencionar, filho do famoso almirante de mesmo nome que comandou a frota do Mar de Azof, na Guerra da Crimeia) não nos trouxe nenhuma novidade. Na noite do terceiro dia, entrou correndo em nossa sala de estar, pálido, trêmulo e com todos os músculos de seu poderoso corpo estremecendo de agitação.

– Nós o pegamos! Nós o pegamos! – gritava.

Estava incoerente em sua agitação. Holmes o acalmou com algumas palavras e o impeliu a se sentar em uma poltrona.

– Vamos, agora nos conte como se sucederam as coisas – disse Holmes.

— Ela chegou há apenas uma hora. Foi a esposa, dessa vez, mas o pingente que levou era o par do outro. É uma mulher alta e pálida, com olhos de fuinha.

— Essa é a dama — declarou Holmes.

— Ela saiu da loja e eu a segui. Subiu a Kennington Road e permaneci em seu encalço. Depois, entrou em um estabelecimento. Era uma agência funerária, senhor Holmes.

Meu companheiro teve um sobressalto.

— E então? — perguntou naquela voz vibrante que revelava a alma flamejante que se escondia atrás do semblante frio e soturno.

— Ela estava conversando com a mulher que estava atrás do balcão. Eu entrei também. "Está atrasado", eu a ouvi dizer, ou algo do tipo. A mulher se desculpou. "Já devia estar lá a essa altura", disse. "Demorou mais do que o normal, sendo tão fora do comum". As duas pararam e olharam para mim, então fiz algumas perguntas à toa e saí da loja.

— Você se saiu muito bem. O que aconteceu depois disso?

— A mulher saiu da loja, mas eu já estava escondido em um portal. Creio que suas suspeitas tinham sido despertadas, pois fitou os arredores. Em seguida, chamou um cabriolé e entrou. Tive a sorte de conseguir um outro e segui-la. Ela enfim desceu no número 36 da Poultney Square, em Brixton. Segui em frente, saltei do carro na esquina da praça e passei a observar a casa.

— Você viu alguém?

— Todas as janelas estavam escuras, exceto uma que ficava no andar inferior. A cortina estava fechada e não pude ver a parte de dentro. Quando eu estava parado ali, perguntando-me o que fazer em seguida, um furgão coberto despontou com dois homens dentro. Eles desceram, tiraram alguma coisa do veículo e a carregaram escada acima até a porta de entrada. Era um caixão, senhor Holmes.

— Ah!

— Por um instante, estive a ponto de entrar correndo. A porta fora aberta para permitir a entrada dos homens com seu fardo. Foi a mulher que a abriu. Mas ela me avistou ali parado e creio que me reconheceu. Vi quando se sobressaltou e em seguida fechou a porta às pressas. Lembrei-me da minha promessa ao senhor, e cá estou eu.

— O senhor fez um excelente trabalho — disse Holmes, rabiscando algumas palavras em uma folha de papel cortada ao meio. — Não podemos fazer nada legalmente sem um mandado, e a melhor coisa que o senhor pode fazer pela causa é levar este bilhete às autoridades e conseguir um. Talvez haja alguma dificuldade, mas creio que a venda das joias é motivo suficiente. Lestrade cuidará de todos os detalhes.

— Mas eles podem matá-la nesse meio-tempo. O que poderia significar o caixão e para quem poderia ser senão para ela?

— Faremos tudo o que pudermos, senhor Green. Nem um momento será perdido. Deixe o assunto em nossas mãos. Agora, Watson — acrescentou ele quando nosso cliente foi embora às pressas —, ele fará com que as forças regulares entrem em ação. Nós somos, como de costume, os irregulares, e devemos seguir nosso próprio curso de ação. A situação me parece tão desesperadora que as medidas mais extremas se justificam. Não devemos esperar nem mais um minuto para ir até a Poultney Square.

— Vamos tentar reconstituir a situação — disse ele, enquanto passávamos rapidamente pelas Casas do Parlamento e atravessávamos a Westminster Bridge. — Aqueles calhordas persuadiram a pobre dama a vir para Londres, mas não antes de afastá-la de sua fiel criada. Se ela chegou a escrever alguma carta, certamente foi interceptada. Por intermédio de alguns cúmplices, eles alugaram uma casa mobiliada. Uma vez lá, tornaram-na sua prisioneira e se apossaram das valiosas joias que haviam sido seu objetivo desde o início. Já começaram a vender parte delas, o que lhes parece seguro, uma vez que não têm motivos para acreditar que alguém esteja interessado no destino daquela dama. Caso fosse libertada, ela os denunciaria, é claro. Portanto, não pode ser libertada. Mas eles não podem mantê-la trancada a sete chaves para sempre, então o assassinato é a única solução que têm.

– Isso parece muito claro.

– Agora vamos adotar outra linha de raciocínio. Ao seguir duas cadeias de pensamento distintas, Watson, encontraremos algum ponto de intersecção que deve estar próximo da verdade. Começaremos agora não pela dama, e sim pelo caixão, e raciocinar na ordem inversa. Receio que esse incidente prove, sem sombra de dúvida, que a dama está morta. Aponta também para um enterro tradicional, com o devido acompanhamento de atestado de óbito e aprovação oficial. Se a dama tivesse sido assassinada de maneira óbvia, eles a teriam enterrado em um buraco no jardim dos fundos. Mas nesse ponto tudo é aberto e regular. O que isso significa? Certamente que provocaram a morte dela de alguma forma que enganou o médico e simulou um fim natural. Envenenamento, talvez. E, no entanto, é muito estranho que deixassem um médico examiná-la, a menos que ele fosse um cúmplice, o que não me parece uma hipótese muito verossímil.

– Será que eles poderiam ter falsificado um atestado de óbito?

– Perigoso, Watson, muito perigoso. Não, não os vejo fazendo isso. Pare, cocheiro! Esta certamente é a agência funerária, pois acabamos de passar pela casa de penhores. Você poderia entrar, Watson? Sua aparência inspira confiança. Pergunte a que horas será o funeral da Poultney Square amanhã.

A mulher da agência me respondeu sem hesitar que deveria acontecer às oito da manhã.

– Como pôde ver, Watson, nenhum mistério. Tudo às claras! De um jeito ou de outro, as formalidades legais certamente foram cumpridas e eles acreditam que têm pouco a temer. Bem, não nos resta fazer mais nada agora, a não ser partir para um ataque frontal direto. Você está armado?

– Minha bengala!

– Bem, bem, seremos fortes o bastante. "Três vezes armado está aquele que trava uma disputa honrosa." Simplesmente não podemos nos dar ao luxo de aguardar a polícia ou nos manter dentro de todos os limites da lei. Pode ir embora, cocheiro. Agora, Watson, vamos tentar a sorte juntos, como já fizemos algumas vezes no passado.

Ele havia tocado com firmeza a campainha de uma grande casa escura no centro da Poultney Square. A porta se abriu de imediato e a figura de uma mulher alta se delineou contra o vestíbulo parcamente iluminado.

– Ora, o que vocês querem? – perguntou ela bruscamente, fitando-nos através da escuridão.

– Quero falar com o doutor Shlessinger – disse Holmes.

– Não tem ninguém aqui com esse nome – respondeu ela e tentou fechar a porta, mas Holmes a tinha bloqueado com o pé.

– Bem, eu quero ver o homem que mora aqui, como quer que se chame – declarou Holmes com firmeza.

Ela hesitou. Então abriu a porta.

– Ora, entrem! – disse a mulher. – Meu marido não tem medo de enfrentar nenhum homem deste mundo.

Ela fechou a porta atrás de nós e nos conduziu a uma sala de estar à direita do vestíbulo, ligando a lâmpada de gás ao se afastar.

– O senhor Peters estará com vocês em um instante – informou.

Suas palavras foram literalmente verdadeiras, pois mal tivemos tempo de esquadrinhar o cômodo empoeirado e carcomido em que estávamos antes que a porta se abrisse e um homem grande, careca e escanhoado adentrasse a sala com leveza. Tinha um rosto grande e vermelho, com bochechas caídas e uma aparência geral de benevolência superficial, que era maculada por uma boca cruel e perversa.

– Certamente deve ter havido algum engano, cavalheiros – disse ele em uma voz untuosa e aduladora. – Imagino que tenham vindo ao endereço errado. Talvez, se tentassem descer a rua...

– Já chega. Não temos tempo a perder – disse meu companheiro com firmeza. – O senhor é Henry Peters, de Adelaide, e recentemente era o reverendo doutor Shlessinger, de Baden e da América do Sul. Tenho tanta certeza disso como de que meu nome é Sherlock Holmes.

Peters, como passarei a me referir a ele, sobressaltou-se e lançou um olhar fixo ao seu formidável perseguidor.

– Seu nome não me assusta, senhor Holmes – declarou ele com frieza. – Quando a consciência de um homem está limpa, nada pode abalá-lo. O que veio fazer em minha casa?

– Quero saber o que o senhor fez com Lady Frances Carfax, que trouxe de Baden em sua companhia.

– Eu adoraria se o senhor pudesse me dizer onde essa senhora está – respondeu Peters friamente. – Ela me deve quase cem libras e só me deixou com um par de pingentes, imitações baratas de joias para as quais um comerciante mal olharia. Ela se apegou à senhora Peters e a mim em Baden (é verdade que eu estava usando outro nome na época) e ficou conosco até voltarmos para Londres. Paguei a conta e a passagem dela. Assim que chegamos a Londres, ela nos escapuliu e, como já mencionei, deixou-nos essas joias antiquadas para pagar suas contas. Encontre-a, senhor Holmes, e eu ficarei em dívida para com o senhor.

– Estou *determinado* a encontrá-la – declarou Sherlock Holmes. – Vou vasculhar esta casa até encontrá-la.

– Onde está o seu mandado?

Holmes puxou um revólver do bolso, deixando-o parcialmente à mostra.

– Isto terá de servir até que chegue um melhor.

– Ora, você é um ladrão comum.

– Pode me chamar assim – disse Holmes jocosamente. – Meu companheiro aqui também é um rufião perigoso. E juntos vamos vasculhar a sua casa.

Nosso oponente abriu a porta.

– Vá chamar um policial, Annie! – disse ele. Houve um agitar de saias femininas no corredor e a porta do vestíbulo foi aberta e fechada.

– Não temos muito tempo, Watson – disse Holmes. – Se você tentar nos impedir, Peters, certamente sairá ferido. Onde está aquele caixão que foi trazido para esta casa?

– O que você quer com o caixão? Está em uso. Há um corpo nele.
– Preciso ver esse corpo.
– Nunca terá o meu consentimento.
– Então, será sem ele.

Com um movimento rápido, Holmes empurrou o sujeito para o lado e entrou no corredor. Havia uma porta entreaberta imediatamente diante de nós. Entramos. Era a sala de jantar. Em cima da mesa, sob um lustre parcialmente aceso, jazia o caixão. Holmes aumentou o gás e levantou a tampa. Bem no fundo das reentrâncias do caixão, via-se uma figura emaciada. A claridade das lâmpadas acima incidiu sobre um rosto envelhecido e murcho. Nenhum processo possível de crueldade, inanição ou doença poderia ter transformado a ainda bela Lady Frances naquela ruína decrépita. O semblante de Holmes exprimiu seu espanto e também seu alívio.

– Graças a Deus! – murmurou ele. – É outra pessoa.

– Ah, você se equivocou pela primeira vez, senhor Sherlock Holmes – disse Peters, que nos seguira até o cômodo.

– Quem é a mulher morta?

– Bem, se você realmente quer saber, é uma velha governanta da minha esposa, chamada Rose Spender, que encontramos na enfermaria do asilo de Brixton. Nós a trouxemos para cá, chamamos o doutor Horsom, da Firbank Villas, número 13, caso queira anotar o endereço, senhor Holmes, e a tratamos com todo o cuidado, como é do feitio dos cristãos. Ela morreu no terceiro dia. O atestado de óbito diz "decadência senil", mas essa é apenas a opinião do médico e, é claro, o senhor sabe melhor. Deixamos a realização do funeral a cargo da Stimson & Co., da Kennington Road, que fará o enterro amanhã às oito horas. Consegue enxergar algum furo nessa história, senhor Holmes? O senhor cometeu um erro estúpido. Ande, confesse. Eu daria qualquer coisa para ter uma fotografia de seu rosto boquiaberto, de olhos arregalados, quando abriu aquela tampa esperando ver Lady Frances Carfax e só encontrou essa pobre velha de noventa anos.

A expressão de Holmes permanecia impassível como sempre diante das zombarias de seu antagonista, mas seus punhos cerrados traíam sua irritação acentuada.

– Vou revistar a sua casa – declarou ele.

– Ah, é? – berrou Peters quando uma voz de mulher e passos pesados soaram no corredor. – Isso é o que vamos ver. Por aqui, policiais, por favor. Esses homens entraram na minha casa à força e não consigo me livrar deles. Ajudem-me a botá-los para fora.

Um sargento e um guarda estavam parados à porta. Holmes tirou seu cartão do bolso.

– Aqui estão meu nome e endereço. Este é meu amigo, doutor Watson.

– Deus o abençoe, senhor, nós o conhecemos muito bem – disse o sargento –, mas não pode ficar aqui sem um mandado.

– É claro que não. Compreendo perfeitamente.

– Prendam-no! – gritou Peters.

– Sabemos onde apanhar este cavalheiro se for preciso – disse o sargento em tom solene –, mas o senhor terá que ir embora, senhor Holmes.

– Sim, Watson, temos que ir embora.

Um minuto depois, estávamos de volta à rua. Holmes estava impassível como sempre, mas eu fervilhava de raiva e humilhação. O sargento nos seguira.

– Sinto muito, senhor Holmes, mas é a lei.

– Exatamente, sargento. O senhor não poderia agir de outro modo.

– Imagino que houvesse um bom motivo para os senhores estarem lá. Se houver alguma coisa que eu possa fazer...

– Há uma dama desaparecida, sargento, e achamos que ela está naquela casa. Espero um mandado a qualquer momento.

– Então vou ficar de olho neles, senhor Holmes. Se acontecer alguma coisa, eu certamente o avisarei.

Eram apenas nove horas e partimos imediatamente em busca de novos rastros. Primeiro, fomos até a enfermaria do asilo de Brixton, onde descobrimos que de fato um casal caridoso estivera lá alguns dias antes e que tinha reconhecido uma velha senil como ex-criada e obtido permissão para levá-la embora consigo. Ninguém ali esboçou nenhum sinal de surpresa diante da notícia de que ela havia morrido.

Nosso objetivo seguinte era o médico. Ele fora chamado, encontrara a mulher moribunda de pura senilidade, havia realmente visto seu falecimento e assinara o atestado de óbito conforme as normas.

— Garanto-lhes que tudo foi perfeitamente normal e que não havia margem para ações criminosas — declarou ele.

Nada na casa lhe parecera suspeito, exceto que, para as pessoas de sua classe, era surpreendente que não tivessem nenhum criado. Isso foi tudo o que o médico nos disse.

Por fim seguimos rumo à Scotland Yard. Houvera algumas dificuldades burocráticas em relação ao mandado. Certo atraso era inevitável. A assinatura do juiz só poderia ser obtida na manhã seguinte. Se Holmes pudesse voltar lá em torno das nove horas, poderia ir com Lestrade e assistir ao mandado sendo entregue. Assim terminou o dia, exceto que, perto da meia-noite, nosso amigo, o sargento, apareceu para nos dizer que tinha visto luzes piscando aqui e ali nas janelas do casarão escuro, mas que ninguém saíra nem entrara. Só nos restava rogar por paciência e aguardar o dia seguinte.

Sherlock Holmes estava irritado demais para conversar e inquieto demais para dormir. Deixei-o fumando muito, com as sobrancelhas pesadas e escuras franzidas e os dedos longos e nervosos tamborilando nos braços de sua poltrona, enquanto ele revirava em sua mente todas as possíveis soluções para aquele mistério. Várias vezes, ao longo da noite, ouvi-o vagando pela casa. Por fim, pouco depois de eu ter acordado pela manhã, ele irrompeu no meu quarto. Trajava seu roupão, mas o semblante pálido e os olhos fundos me diziam que ele passara a noite em claro.

— A que horas será o funeral? Às oito, não? — perguntou, apreensivo.

— Bem, são sete e vinte agora. Céus, Watson, o que aconteceu com o cérebro que Deus me deu? Rápido, homem, rápido! É uma questão de vida ou morte! Cem chances de morte contra uma de vida. Nunca vou me perdoar se chegarmos tarde demais. Nunca!

Nem cinco minutos haviam se passado e já descíamos a Baker Street a toda velocidade a bordo de um cabriolé. Ainda assim, faltavam vinte e cinco minutos para as oito quando passamos pelo Big Ben e oito badaladas ressoaram enquanto atravessávamos a Brixton Road. Mas outros estavam tão atrasados quanto nós. Dez minutos depois do horário combinado, o carro fúnebre ainda estava parado em frente à casa e, no instante em que nosso cavalo estacou, espumando, o caixão, carregado por três homens, despontou na soleira. Holmes disparou à frente e barrou seu caminho.

– Levem-no de volta! – gritou ele, pousando a mão sobre o peito do homem que estava à frente. – Levem-no de volta agora mesmo!

– Que diabos você está fazendo? Mais uma vez eu lhe pergunto: onde está o seu mandado? – berrou o furioso Peters, o grande rosto vermelho reluzindo do outro lado do caixão.

– O mandado está a caminho. O caixão deve permanecer na casa até que ele chegue.

A autoridade na voz de Holmes surtiu efeito sobre os carregadores. Peters desaparecera repentinamente no interior da casa e os homens obedeceram às novas ordens.

– Rápido, Watson, rápido! Aqui está uma chave de fenda! – gritou ele quando o caixão foi recolocado sobre a mesa. – E aqui está outra para você, meu caro! Um soberano se a tampa for aberta em um minuto! Não façam perguntas, apenas trabalhem com afinco! Excelente! Mais uma! E outra! Agora todos puxando juntos! Está saindo! Está saindo! Ah, finalmente!

Com um esforço conjunto, arrancamos a tampa do caixão. Assim que o fizemos, exalou do interior um cheiro estupefaciente e insuportável de clorofórmio. Um corpo jazia lá dentro, a cabeça toda envolta em algodão embebido no narcótico. Holmes o arrancou e revelou o rosto escultural de uma mulher bela e espiritual de meia-idade. Em um instante, ele passou o braço ao redor do seu corpo e a pôs sentada.

– Ela se foi, Watson? Sobrou alguma centelha? Não é possível que tenhamos chegado tarde demais!

Por meia hora pareceu que havia sido o caso. Fosse por asfixia ou por conta dos vapores venenosos do clorofórmio, Lady Frances parecia ter cruzado a última barreira que a permitiria ser trazida de volta. E então, finalmente, com respiração artificial, com éter injetado e com todos os artifícios que a ciência podia sugerir, uma palpitação de vida, um estremecimento de pálpebras, o leve embaçamento de um espelho eram indícios de que a vida retornava aos poucos. Um cabriolé havia chegado e Holmes, abrindo uma fresta na cortina, foi olhar.

– Lestrade chegou com o mandado – disse ele. – Descobrirá que seus pássaros alçaram voo. E aqui – acrescentou quando passos pesados soaram no corredor – está alguém que tem mais direitos a cuidar dessa senhora do que nós. Bom dia, senhor Green! Creio que quanto antes pudermos tirar Lady Frances daí melhor. Nesse ínterim, o funeral pode prosseguir e a pobre velha que ainda jaz naquele caixão pode ir em paz para a sua última morada.

– Se você quiser acrescentar o caso aos seus anais, meu caro Watson – disse Holmes naquela noite –, só pode ser como um exemplo daquele eclipse temporário a que até mesmo a mais equilibrada das mentes pode estar sujeita. Deslizes como esse são comuns a todos os mortais, e grandioso é aquele que é capaz de reconhecê-los e consertá-los. Esse mérito eu talvez possa reivindicar. Minha noite foi assombrada pelo pensamento de que, em algum lugar, uma pista, um comentário estranho, uma observação curiosa haviam chegado ao meu conhecimento e sido descartados rápido demais. Então, de súbito, ao raiar do dia, as palavras voltaram à minha mente. Foi o comentário da esposa do agente funerário, conforme relatado por Philip Green. Ela dissera: "Já devia estar lá a essa altura. Demorou mais do que o normal, sendo tão fora do comum". Era do caixão que ela falava. Tinha sido fora do comum. Isso só poderia significar que foi feito seguindo medidas especiais. Mas por quê? Por quê? Então, em um instante, lembrei-me das laterais profundas e da pequena figura mergulhada lá no fundo. Por que um caixão tão grande para um corpo tão pequeno? Para deixar espaço para outro corpo. Ambos seriam enterrados com o mesmo atestado de óbito. Tudo estaria muito claro, se ao menos minha visão não estivesse ofuscada. Às oito horas, Lady Frances seria enterrada. Nossa única chance era deter o caixão antes que o retirassem da casa.

"Havia uma possibilidade mínima de encontrá-la viva, mas *havia* essa possibilidade, como o resultado demonstrou. Pelo que sei, essas pessoas nunca haviam cometido um assassinato. Talvez hesitassem diante da violência real no momento fatídico. Eles poderiam enterrá-la sem nenhum indício de como ela encontrara seu fim e, mesmo que o corpo fosse exumado, lhes restaria uma chance. Eu esperava que tais considerações tivessem prevalecido aos planos deles. Você pode reconstituir a cena bem o bastante, Watson. Você viu o horrível esconderijo no andar de cima, onde a pobre dama foi mantida por tanto tempo. Eles irromperam no cômodo, fizeram-na perder os sentidos com o clorofórmio, carregaram-na escada abaixo, despejaram mais um pouco do líquido no caixão para evitar que ela acordasse e então aparafusaram a tampa. Uma artimanha inteligente, Watson. É uma novidade para mim nos anais do crime. Se nossos amigos ex-missionários escaparem das garras de Lestrade, imagino que acabarei por ouvir alguns incidentes brilhantes de sua futura carreira.

Capítulo 6

• A AVENTURA DO DETETIVE MORIBUNDO •

TRADUÇÃO: NATALIE GERHARDT

A senhora Hudson, senhoria de Sherlock Homes, era uma mulher resignada. Não apenas seu apartamento do primeiro andar era invadido a qualquer hora por hordas de pessoas peculiares e geralmente indesejáveis como seu inquilino exibia um comportamento excêntrico e irregular que testava muito sua paciência. O incrível desleixo, o vício pela música nos horários mais impróprios, sua prática ocasional de tiro ao alvo dentro de casa, os experimentos científicos estranhos e geralmente fétidos, além da atmosfera de violência e perigo que o cercavam, eram características que o tornavam o pior inquilino de Londres. Por outro lado, o pagamento era soberbo. Não tenho dúvida de que Holmes poderia ter comprado a casa com o valor que pagou pelos aposentos durante os anos que morei com ele.

A senhoria tinha a mais profunda admiração por ele e jamais ousou interferir em seus procedimentos, por mais ultrajantes que parecessem. Também gostava muito dele, pois era notável o tratamento cortês e gentil que ele dispensava às mulheres. Holmes não gostava e desconfiava delas, mas sempre foi um adversário cavalheiresco. Sabendo como a senhora Hudson realmente gostava dele, ouvi atentamente sua história quando ela apareceu na minha casa, no meu segundo ano de casado, e me contou o triste estado a que meu amigo tinha se reduzido.

– Ele está morrendo, doutor Watson – disse-me ela. – Há três dias que ele só piora e duvido muito que viva mais um dia. Ele não permite que eu chame um médico. Esta manhã, quando vi os ossos saltando do seu rosto e os olhos brilhantes olhando para mim, não consegui aguentar. 'Com sua permissão ou não, senhor Holmes, eu vou chamar um médico agora mesmo', disse eu. 'Que seja Watson, então', retrucou ele. No seu lugar, doutor, eu não demoraria muito para ir vê-lo. Acho que, se demorar mais de uma hora, corre o risco de não o encontrar vivo.

Fiquei horrorizado, pois nada sabia sobre sua doença. Nem preciso dizer que me apressei para pegar o casaco e o chapéu. No caminho, pedi mais detalhes.

– Não tenho muito a contar. Ele estava trabalhando em um caso lá em Rotherhithe, em um beco perto do rio, e voltou com doença. Foi para a cama na tarde de quarta-feira e não se mexeu mais desde então. Durante esses três dias, nada comeu nem bebeu.

– Meu Deus! Por que não chamou um médico?

– Ele não aceitou. O senhor bem sabe o quanto ele é autoritário. Eu não me atrevi a desobedecê-lo. Mas ele não ficará por muito tempo neste mundo, como verá com seus próprios olhos assim que o encontrar.

Realmente a aparência de Holmes era deplorável. Na penumbra de um dia nebuloso de novembro, o quarto do doente era um lugar sombrio, mas foi aquele rosto emaciado e seco olhando para mim da cama que fez o meu sangue gelar. Os olhos apresentavam um brilho febril, as bochechas estavam avermelhadas e havia crostas escuras nos lábios; as mãos magras sobre a coberta retorciam-se incessantemente e a voz estava rouca e espasmódica. Ele ficou deitado, sem se mexer, enquanto eu entrava no quarto, mas minha presença trouxe um lampejo de reconhecimento aos seus olhos.

– Bem, Watson, parece que as coisas vão mal – disse ele com voz fraca, mas com um toque do seu jeito displicente de antigamente.

– Meu caro amigo! – exclamei ao me aproximar.

– Não se aproxime! Fique longe! – disse ele com o tom grave que sempre associei a momentos de crise. – Se você se aproximar, Watson, serei obrigado a lhe ordenar que saia desta casa.

– Mas por quê?

– Porque este é o meu desejo. Isso não basta?

Sim, a senhora Hudson estava certa. Ele estava mais autoritário do que nunca. Mas era lamentável ver sua exaustão.

– Só quero ajudar – expliquei.

– Exatamente! E a melhor forma de me ajudar é fazendo o que eu digo.

– Certamente, Holmes.

Ele relaxou a austeridade dos modos.

– Não está zangado? – perguntou, ofegante.

Pobre coitado, como eu poderia ficar zangado vendo-o deitado em tal estado diante de mim?

– É para o seu próprio bem, Watson – disse ele com voz fraca.

– Para o *meu* bem?

– Sei o mal que me aflige. É uma doença dos cules de Sumatra, uma moléstia que os holandeses conhecem melhor do que nós, embora pouco tenham feito sobre ela. Apenas uma coisa é certa. É infalivelmente mortal e altamente contagiosa.

Ele falava agora com uma energia febril, as mãos longas fazendo gestos espasmódicos para eu me afastar.

– O contágio é pelo contato, Watson. É isso. Pelo toque. Mantenha a distância e tudo ficará bem.

– Meu Deus, Holmes! Você acredita que isso teria algum peso sobre mim por um só instante? Não me afetaria se fosse um estranho, e você imagina que isso me impediria de cumprir meu dever para com um velho amigo?

Avancei novamente, mas ele me repeliu com um olhar de fúria.

– Se ficar aí, eu converso com você. Se não, é melhor sair do quarto.

Tão profundo é o meu respeito pelas qualidades extraordinárias de Holmes que sempre atendi aos seus desejos, mesmo quando não os entendia. Mas agora todos os meus instintos profissionais estavam em alerta. Eu permitiria que ele fosse autoritário em outras esferas, mas pelo menos no seu quarto de enfermo seria eu quem ditaria as regras.

– Holmes, você está fora de si. Um homem doente é como uma criança. Então, eu vou tratá-lo. Gostando ou não, vou examinar seus sintomas e vou tratá-los.

Ele me olhou com olhos venenosos.

– Se é para ser tratado por um médico, querendo eu ou não, prefiro que seja alguém em quem tenho confiança.

– E você não confia em mim?

– Na nossa amizade, com certeza. Mas fatos são fatos, Watson. Afinal de contas, você não passa de um médico generalista com experiência limitada e qualificação medíocre. É doloroso dizer essas coisas, mas você não me deixa alternativa.

Fiquei amargamente ofendido.

– Tal comentário é indigno de você, Holmes. Mostra-me claramente o seu estado de espírito. Mas, se não tem confiança em mim, jamais imporia os meus serviços. Permita que eu chame Sir Jasper Meek, ou Penrose Fisher, ou qualquer um dos melhores médicos de Londres. Mas você *tem de* aceitar alguém e ponto final. Se você acredita que eu vou ficar aqui e assistir à sua morte sem tratá-lo ou sem trazer alguém que possa ajudá-lo, então você não me conhece nem um pouco.

– Suas intenções são boas, Watson – disse o doente entre um soluço e um gemido. – Posso demonstrar sua própria ignorância? Diga-me o que sabe sobre a febre de Tapanuli? O que sabe sobre a peste negra de Formosa?

– Nunca ouvi falar de nenhuma delas.

– Existem muitos problemas de saúde, muitas possibilidades patológicas estranhas no Oriente, Watson. – Ele fez uma pausa entre cada uma das frases para recuperar as forças. – Aprendi muito durante algumas pesquisas recentes de caráter médico-criminal. Foi durante essas pesquisas que contraí esta doença. Não há nada que possa fazer.

– Talvez não. Mas acontece que sei que o doutor Ainstree, o maior especialista em doenças tropicais, está em Londres. Não adiantar resistir, Holmes, vou agora mesmo procurá-lo.

Eu me virei, decidido, para sair. Nunca tive tamanha surpresa! Em um instante, com um salto, o moribundo me interceptou. Ouvi o estalo da chave sendo virada. No momento seguinte, ele tinha cambaleado de volta para a cama, exausto e ofegante depois daquela tremenda explosão de energia.

– Você não vai tirar a chave de mim à força, Watson. Peguei você, meu amigo. Aqui está você e aqui vai ficar até que eu decida o contrário. Mas vou distraí-lo. – Tudo isso foi dito com respiração pesada e entrecortada. – Você só quer o melhor para mim. É claro que sei disso. Você pode fazer como deseja, mas me dê algum tempo para que eu recupere minhas forças. Não agora, Watson, não agora. São quatro horas da tarde. Às seis, você poderá ir.

– Isso é loucura, Holmes.

– Apenas duas horas, Watson. E eu lhe prometo que você irá às seis. Aceita esperar?

– Parece que não tenho escolha.

– Não mesmo, Watson. Eu agradeço. Preciso de ajuda para me vestir. Você deve sempre manter a distância. Agora, Watson, há uma outra condição que gostaria de lhe impor. Você vai buscar ajuda, mas não a do homem que você mencionou, e sim a do que eu escolher.

– Como queira.

– As duas primeiras palavras sensatas que você disse desde que entrou neste quarto, Watson. Você encontrará alguns livros ali. Estou um pouco cansado. Será que é assim que uma bateria se sente quando joga eletricidade em um não condutor? Às seis, nós voltamos a conversar.

Acontece, porém, que retomamos a conversa bem antes da hora marcada e em circunstâncias que me causaram surpresa comparável à que senti com o salto do moribundo até a porta. Eu estava ali por alguns minutos, observando a figura silenciosa na cama, o rosto quase coberto pela roupa de cama, parecendo estar adormecido. Então, sem conseguir me sentar para ler, caminhei lentamente pelo quarto, examinando os retratos de criminosos famosos que adornavam cada parede. Por fim, na minha perambulação aleatória, cheguei à cornija da lareira. Uma pilha de cachimbos, tabaqueiras, seringas, canivetes, cartuchos de revólver e outros entulhos estavam espalhados ali. No meio de tudo aquilo, havia uma caixinha branca e preta de marfim com uma tampa removível. Encantado pela beleza daquela peça, estendi a mão para pegá-la e olhar mais de perto quando...

Foi um grito horrível que ele soltou... Um grito que as pessoas na rua talvez tenham ouvido. Gelei por dentro e os pelos da minha nuca se eriçaram quando ouvi tal grito. Ao virar-me, vislumbrei um rosto contraído com olhos arregalados. Fiquei paralisado, com a caixinha na mão.

– Solte isso! Agora mesmo, Watson. Agora mesmo! Eu estou mandando.

Ele afundou a cabeça no travesseiro e soltou um suspiro de alívio quando coloquei a caixinha de volta na cornija.

– Odeio que mexam nas minhas coisas, Watson. Bem sabe como odeio. Sua agitação está além da minha tolerância, Watson. Você, um médico... Você sozinho é capaz de enlouquecer um paciente. Sente-se, homem, e permita que eu descanse!

O incidente me deixou com uma impressão deveras desagradável. A explosão violenta e sem propósito, seguida de um discurso brutal, tão longe de sua suavidade usual, mostrou-me como era profunda sua desorganização mental. De todas as desgraças, a ruína daquela mente nobre era a mais deplorável de todas. Fiquei sentado em um silêncio triste até o horário estipulado. Ele parecia estar observando o relógio exatamente como eu, pois mal tinha passado das seis horas da tarde quando começou a falar com a mesma animação febril de antes.

– Watson – disse ele. – Você tem algum trocado no bolso?
– Tenho.
– Prata?
– O suficiente.
– Quantas meias-coroas?
– Cinco.
– Ah, isso é pouco! Muito pouco! Que infelicidade, Watson! Como são poucas, coloque-as no seu bolso do relógio. E todo o resto do seu dinheiro, no bolso esquerdo da sua calça. Obrigado. Isso vai ajudar muito no seu equilíbrio.

Aquilo já beirava a insanidade. Ele estremeceu novamente e emitiu um som entre uma tosse e um soluço.

– Agora você vai acender o bico do gás, Watson, mas com muito cuidado para que não ultrapasse meia chama. Imploro que o faça com muita cautela, Watson. Obrigado. Assim está excelente. Não, você não precisa fechar a cortina. Agora, você fará a gentileza de colocar algumas cartas e papéis nesta mesa ao meu alcance. Muito obrigado. E alguns objetos da cornija. Excelente, Watson! Há uma pinça para torrões de açúcar ali. Use-a para pegar a caixinha de marfim com muito cuidado. Coloque-a entre os papéis. Muito bom! Agora você pode chamar o senhor Culverton Smith, no número 13 da Lower Burke Street.

Para dizer a verdade, meu desejo de chamar um médico tinha arrefecido, pois o pobre Holmes estava obviamente delirando e parecia perigoso deixá-lo sozinho. No entanto, ele agora estava tão ávido para se consultar com a pessoa que citou quanto antes estava obstinado na sua recusa.

– Nunca ouvi falar nesse nome – retruquei.

– Possivelmente não, meu bom Watson. Talvez seja surpreendente para você saber que o homem que mais sabe sobre essa doença em todo o mundo não é um médico, mas um agricultor. O senhor Culverton Smith é um conhecido fazendeiro residente em Sumatra que se encontra, no momento, em uma visita a Londres. Um surto da doença na sua plantação, distante de qualquer assistência médica, fez com que ele a estudasse por conta própria, com resultados bastante promissores. Como ele é uma pessoa metódica, eu não queria que você fosse procurá-lo antes das seis horas porque eu sabia bem que não o encontraria no seu escritório. Se você conseguir persuadi-lo a vir aqui para nos dar o benefício da experiência dele sobre essa doença, dessa pesquisa singular que tem sido o seu melhor passatempo, não tenho dúvida de que ele poderia me ajudar.

Relato aqui as palavras de Holmes como um discurso contínuo e não vou tentar indicar como foram interrompidas pela falta de ar, os arquejos e os movimentos das mãos que indicavam toda a dor que estava sofrendo. A aparência tinha se deteriorado nas últimas horas desde que eu havia chegado. As manchas vermelhas no rosto tinham piorado, os olhos brilhavam mais e as olheiras estavam mais profundas. Um suor frio cobria sua testa. Ainda assim, retinha a elegância do seu discurso. Até o último suspiro, ele sempre seria o mestre.

– Você deve dizer a ele exatamente como me deixou – disse Sherlock. – Vai descrever todas as suas opiniões, um homem moribundo... moribundo e delirante. Realmente, não consigo entender por que todo o leito do oceano não se tornou uma massa sólida de ostras, tão prolíficas criaturas. Ah, mas estou divagando! É estranho como o cérebro controla o próprio cérebro. O que eu estava dizendo mesmo, Watson?

– Orientações para o senhor Culverton Smith.

– Ah, sim, eu me lembro agora. Minha vida depende disso. Implore a ele que venha, Watson. Não temos um bom relacionamento. O sobrinho dele, Watson... Eu desconfiava que fizesse falcatruas e alertei o tio para isso. O garoto teve uma morte horrível. E ele tem rancor de mim. Você conseguirá dobrá-lo, Watson. Peça, implore, traga-o até aqui de qualquer jeito. Só ele pode me salvar... Só ele!

– Eu o trarei em um cabriolé, mesmo que tenha de arrastá-lo.

– Não fará nada disso. Precisa convencê-lo a vir. E, então, você voltará antes dele. Dê alguma desculpa para não o acompanhar. Não se esqueça, Watson. Não vá me decepcionar agora. Você nunca me decepcionou. Não há dúvidas de que existem inimigos naturais que limitam a reprodução das criaturas. Você e eu, Watson, nós fizemos nossa parte. Devemos deixar que o mundo seja tomado por ostras? Não, não. Que horror! Diga a ele tudo que pensa.

Eu o deixei para trás carregando comigo a imagem daquele intelecto magnífico dizendo tolices infantis. Ele me entregou a chave e eu a aceitei e a levei comigo para evitar que acabasse se trancando lá dentro. A senhora Hudson me aguardava, trêmula e chorosa, no caminho. Atrás de mim, enquanto eu atravessava o apartamento, ouvia a voz fina e aguda de Holmes, cantarolando em delírio. Lá embaixo, enquanto eu assoviava para chamar o cabriolé, um homem se aproximou de mim pela bruma.

– Como vai o senhor Holmes? – perguntou-me ele.

Era um velho conhecido, o inspetor Morton, da Scotland Yard, vestido à paisana.

– Está muito doente – respondi.

Ele me lançou um olhar bastante estranho. Se não fosse cruel demais, poderia pensar que o brilho do lampião mostrava uma expressão de júbilo.

– Ouvi alguns rumores sobre isso – disse ele.

O cabriolé chegou e eu parti.

A Lower Burke era uma rua de casas elegantes na tênue fronteira entre Notting Hill e Kesington. A casa em frente à qual o cabriolé parou tinha um ar de orgulhosa e discreta respeitabilidade, com seus corrimãos de ferro em estilo antigo, a impressionante porta de duas folhas e os reluzentes ornamentos de bronze. Tudo isso combinava bem com o solene mordomo que apareceu à porta, com a aura rosada de uma luz elétrica atrás dele.

– Sim, o senhor Culverton Smith se encontra. Doutor Watson! Muito bem, senhor, vou levar o seu cartão até ele.

Meus humildes nome e título não pareceram impressionar o senhor Culverton Smith. Através da porta entreaberta ouvi uma voz alta, petulante e penetrante perguntar:

– Quem é essa pessoa? O que quer? Meu Deus, Staples, quantas vezes preciso dizer que não deve me perturbar nas minhas horas de estudo?

O mordomo deu algumas explicações para aplacar o patrão.

– Bem, não vou recebê-lo, Staples. Não posso interromper meu estudo assim. Não estou em casa. Diga não. Diga para vir pela manhã e eu o receberei.

Novamente um cochicho explicativo.

– Pois leve o recado a ele. Diga que pode vir pela manhã ou não voltar nunca mais. Meu estudo não pode ser interrompido.

Pensei em Holmes revirando-se no seu leito de doente e, talvez, contando os minutos até que eu levasse ajuda para ele. Não era hora de respeitar as cerimônias. A vida dele dependia da minha ação. Antes que o mordomo constrangido pudesse dar seu recado, eu passei por ele e entrei no escritório.

Com uma exclamação de raiva, o homem se levantou da poltrona reclinada diante da lareira. Vi um rosto amarelado e largo, a pele marcada e oleosa, papada no pescoço e olhos cinzentos e ameaçadores que me olhavam sob as sobrancelhas grisalhas. A careca pontuda estava coberta por uma boina colocada de forma galante em um dos lados da cobertura rosada. O volume do crânio era enorme, mas, ao baixar meu olhar, percebi, para meu espanto, que sua compleição era pequena e frágil, com os ombros encolhidos e as costas curvadas de quem teve raquitismo infantil.

– O que significa isto? – perguntou aos gritos. – O que significa esta invasão? Não mandei lhe dizer que o receberia amanhã pela manhã?

– Sinto muito – desculpei-me. – Mas o assunto não pode esperar. O senhor Sherlock Holmes...

A menção do nome do meu amigo teve um efeito extraordinário no homenzinho. A expressão de raiva desapareceu do seu rosto no mesmo instante, sendo substituída por uma fisionomia de tensão e alerta.

– Você veio da casa de Holmes? – perguntou ele.

– Acabei de sair de lá.

– E o que tem ele? Como ele vai?

– Extremamente doente. É por isso que estou aqui.

O homem fez um gesto para que eu me sentasse e se virou para sentar-se também. Ao fazer isso, vi o rosto dele refletido no espelho sobre a lareira. Eu poderia jurar que vi um sorriso malicioso e abominável. Ainda assim, tentei me convencer de que o que eu vira foi apenas uma contração nervosa, pois, quando ele se virou para mim um instante depois, sua expressão era de preocupação genuína.

– Sinto muito ouvir isso – disse ele. – Conheço o senhor Holmes apenas por causa de alguns negócios que fizemos, mas tenho o mais profundo respeito por seus talentos e personalidade. Ele é um estudioso do crime e eu, de doenças. Para ele, o vilão; para mim, o micróbio. Ali está a minha prisão – continuou ele, apontando para uma fileira de frascos e garrafas em uma mesa lateral. – Entre aquelas culturas em gelatina, há alguns dos piores criminosos do mundo cumprindo sua pena.

– É justamente por causa do seu conhecimento que o senhor Holmes deseja vê-lo. Ele estima sua opinião e acredita que o senhor é o único homem em Londres que pode ajudá-lo.

O homenzinho se assustou e a boina garbosa caiu no chão.

– Mas por quê? – perguntou ele. – Por que o senhor Holmes acha que eu poderia ajudá-lo em seu problema?

– Porque o senhor tem conhecimentos acerca de doenças do Oriente.

– Mas por que ele acha que a doença que o aflige é oriental?

– Porque, em uma investigação profissional, ele estava trabalhando com marinheiros chineses nas docas.

O senhor Culverton Smith sorriu de forma agradável, enquanto pegava a boina.

– Ah, é só isso? – perguntou ele. – Creio que a questão não seja tão grave quanto acredita. Há quanto tempo está doente?

– Há uns três dias.

– Está delirando?

– Às vezes.

– Hum, parece sério. Seria desumano não atender a tal chamado. Eu realmente fiquei ofendido com a interrupção ao meu estudo, doutor Watson, mas decerto que se trata de um caso excepcional. Irei com o senhor agora mesmo.

Lembrei-me da orientação de Holmes.

– Tenho outro compromisso – disse eu.

– Pois bem, irei sozinho. Sei o endereço do senhor Holmes. Pode acreditar que estarei lá em meia hora, uma hora no máximo.

Foi com o coração pesado que entrei novamente no quarto de Holmes. Por tudo que eu sabia, o pior podia ter acontecido na minha ausência. Para meu grande alívio, ele tinha melhorado muito naquele intervalo. Ainda estava pálido como nunca, mas todos os traços de delírio tinham desaparecido, e ele falou com voz fraca, é verdade, mas com um tom mais próximo da sua lucidez e vivacidade usuais.

– Bem, você o viu, Watson?

– Sim. Ele está a caminho.

– Excelente, Watson! Excelente! Você é o melhor mensageiro.

– Ele queria vir comigo.

– Isso não seria nada bom, Watson. Isso seria obviamente impossível. Ele perguntou o que eu tinha?

– Contei a ele sobre os chineses em East End.

— Exatamente! Bem, Watson, você fez tudo que um bom amigo faria. Você pode sumir de cena agora.

— Eu devo esperar e ouvir a opinião dele, Holmes.

— Claro que sim. Mas tenho motivos para acreditar que a opinião dele será muito mais franca e valiosa se ele achar que estamos a sós. Tem espaço para você atrás da cabeceira da minha cama.

— Meu caro Holmes!

— Temo que não haja outra alternativa, Watson. Este quarto não tem muitos lugares para alguém se esconder, o que é muito bom, já que não levantará suspeitas. Mas bem ali, Watson, creio que isso possa ser feito.

De repente, ele se sentou na cama, com uma inquebrantável concentração no rosto emaciado.

— Estou ouvindo a carruagem, Watson. Rápido, homem, se você me ama! E não saia daí, não importa o que aconteça... Não importa o que aconteça, está ouvindo? Não fale! Não se mexa! Apenas escute com toda a atenção.

Então, o ataque repentino de energia desapareceu e sua fala coerente e objetiva se transformou em murmúrios vagos e indistintos de um homem em estado de delírio.

Do esconderijo para o qual fui tão rapidamente, ouvi os passos na escada e quando a porta do quarto foi aberta e fechada. Então, para minha surpresa, seguiu-se um longo silêncio, quebrado apenas pelo arquejo e a respiração difícil do homem enfermo. Eu bem conseguia imaginar o visitante parado à cabeceira do leito, olhando para o doente. Por fim, o estranho silêncio foi quebrado:

— Holmes! — chamou ele. — Holmes! — O tom insistente acordou o doente. — Consegue me ouvir, Holmes?

Percebi um farfalhar, como se ele tivesse sacodido meu amigo pelo ombro.

— Senhor Smith? É o senhor mesmo? — murmurou Holmes. — Nem me atrevi a ter esperanças de que viesse.

O outro riu.

— Imagino que não — respondeu ele. — Ainda assim, aqui estou. Brasas sobre a cabeça, Holmes... brasas sobre a cabeça[1]!

— É muito gentil de sua parte... muito nobre. Valorizo seu conhecimento especial.

Nosso visitante riu com sarcasmo.

— É mesmo? O senhor é, felizmente, o único homem que o valoriza. O senhor sabe o que o aflige?

— A mesma doença — disse Holmes.

— Ah, você reconhece os sintomas?

— Bem demais.

— Pois eu não deveria me surpreender, Holmes. Não deveria me surpreender se *fosse* a mesma. Seria bem feito se fosse. O pobre Victor era um homem morto no quarto dia... um sujeito forte e saudável. Foi, sem dúvida, surpreendente, como disse, que ele tenha contraído uma exótica doença asiática no coração de Londres. Aliás, uma doença sobre a qual eu tinha escrito um estudo muito especial. Uma coincidência peculiar, Holmes. Muito inteligente de sua parte notar isso, mas nada generoso sugerir que havia uma relação de causa e efeito.

— Eu sabia estava envolvido.

— Ah, sabia mesmo? Bem, não conseguiu provar. Mas o que acha de, mesmo depois de ter espalhado esses relatos sobre mim, estar agora rastejando e pedindo ajuda em um momento de necessidade? Que tipo de jogo é este, hein?

Ouvi a respiração ofegante e difícil do doente.

— Quero água! — ofegou ele.

— Está bem perto do fim, meu amigo, mas eu não queria que partisse antes de termos uma palavrinha. Só por isso dou-lhe água. Pronto, não derrame! Ah, muito bem. Consegue entender o que digo?

---

[1] Referência bíblica: "Se o teu inimigo tiver fome, dá-lhe pão para comer, e se tiver sede, dá-lhe água para beber; Porque assim lhe amontoarás brasas sobre a cabeça; e o Senhor to retribuirá". Provérbios 25:21,22. Fonte: Bibliaonline. (N.T.)

Holmes gemeu.

– Faça o que puder por mim. Deixemos o passado no passado – sussurrou ele. – Vou me esquecer de tudo, juro que sim. Só me cure e eu hei de me esquecer.

– Esquecer-se de quê?

– Ora, da morte de Victor Savage. Você mesmo admitiu ainda há pouco que foi o responsável. Pois eu hei de me esquecer disso.

– Pode se esquecer ou se lembrar, como queira. Eu não o vejo no banco das testemunhas. Na verdade, eu o vejo em um caixão, meu caro Sherlock Holmes, eu lhe asseguro. Não importa para mim o que sabe ou deixa de saber sobre a morte do meu sobrinho. Não é dele que estamos falando. Mas sim de você.

– Sim, sim.

– O camarada que foi me procurar... Esqueci o nome dele... Ele me disse que você contraiu essa moléstia no East End, entre marinheiros?

– É a única explicação.

– Você tem orgulho da sua mente, não é Holmes? E se acha muito inteligente, não é? Mas desta vez encontrou alguém mais inteligente que você. Agora, tente se lembrar, Holmes. Não consegue pensar em nenhuma outra forma pela qual poderia ter contraído essa moléstia?

– Não consigo pensar. Minha mente está perdida. Pelo amor de Deus, ajude-me!

– Sim, vou ajudá-lo. Vou ajudá-lo a compreender onde está e como chegou até aqui. Gostaria que soubesse antes da sua morte.

– Quero algo que alivie minha dor.

– Dói, não é? Sim, os cules costumavam gritar quando se aproximavam do fim. É como uma cãibra, imagino.

– Sim, sim. Como uma cãibra.

– Bem, pelo menos consegue escutar o que eu dito. Escute bem! Não se lembra de nenhum incidente na sua vida perto da época em que os sintomas começaram.

– Não, não me lembro de nada.
– Pense bem.
– Estou doente demais para pensar.
– Pois então vou ajudá-lo. Você recebeu alguma coisa pelo correio?
– Pelo correio?
– Uma caixa, por acaso?
– Acho que vou desmaiar...
– Ouça bem, Holmes!

Ouvi um som como se ele estivesse sacodindo o moribundo e precisei me conter para permanecer no meu esconderijo.

– Você precisa me ouvir. Você *tem* de me ouvir. Você se lembra de uma caixa... uma caixinha de marfim? Chegou na quarta-feira. Você a abriu... Você se lembra?

– Sim, sim, eu a abri. Havia uma mola de ponta afiada lá dentro. Alguma brincadeira...

– Foi uma brincadeira com um grande custo para você. Seu tolo, você bem que pediu e, então, ganhou. Quem mandou cruzar meu caminho? Se tivesse me deixado em paz, eu não teria feito nada contra você.

– Eu me lembro. – Holmes ofegou. – A mola! Ela me feriu. Saiu sangue. Essa caixa... essa mesmo, em cima da mesa.

– Exatamente. Que bom! Posso muito bem levá-la no bolso. E lá se vai sua última prova. Mas você sabe a verdade agora, Holmes, e pode morrer sabendo que fui eu que o matei. Você sabia coisas demais sobre o destino de Victor Savage, então lhe dei o mesmo destino. Você está muito perto do seu fim, Holmes. E eu vou ficar sentado aqui assistindo à sua morte.

A voz de Holmes diminuiu e chegou a um sussurro inaudível.

– O que foi que disse? – perguntou Smith. – Aumentar a chama do bico de gás? Ah, as sombras começam a cair, não é? Sim, eu vou aumentar, para que eu possa vê-lo melhor. – Ele cruzou o aposento e a luz ficou mais forte, de repente. – Mais alguma coisa que eu possa fazer por você, meu amigo?

– Fósforos e um cigarro.

Eu quase gritei de alegria e surpresa. Ele estava falando com sua voz natural, um pouco fraca talvez, mas a voz que eu conhecia. Seguiu-se uma longa pausa e eu senti que Culverton Smith estava em silencioso espanto, fitando seu interlocutor.

– O que significa isso? – ouvi-o perguntar por fim, em tom seco e rouco.

– A melhor forma de representar um papel é entrar nele – disse Holmes. – Eu lhe dou minha palavra que por três dias eu nada comi e nada bebi até você ser gentil o suficiente para me dar aquele copo d'água. Mas foi do tabaco que mais senti falta. Ah, aqui *estão* os cigarros.

Ouvi um fósforo sendo riscado.

– Assim está bem melhor. Olá! Olá! Será que ouço um amigo chegar?

Ouvi passos do lado de fora, a porta se abriu e o inspetor Morton apareceu.

– Está tudo certo. E este é o seu homem.

O policial fez a acusação:

– O senhor está preso pelo assassinato de Victor Savage.

– Pode incluir aí a tentativa de assassinato do senhor Sherlock Holmes – acrescentou meu amigo com uma risada. – Para preservar as forças de um inválido, inspetor, o senhor Culverton Smith foi gentil o suficiente para dar o nosso sinal de aumentar o gás da chama. Aliás, o prisioneiro tem uma caixinha no bolso direito do casaco que é melhor o senhor pegar. Obrigado. Eu manusearia essa caixa com muito cuidado se fosse o senhor. Coloque-a aqui. Ela terá serventia no julgamento.

Ouvi alguém correndo de repente e uma briga, seguida por um estalo de metal e uma exclamação de dor.

– Assim vai acabar se machucando – disse o inspetor. – Fique quieto, por favor.

Seguiu-se o som de algemas sendo fechadas.

– Uma boa armadilha! – gritou uma voz aguda e desdenhosa. – É *você* que vai acabar na cadeia, Holmes, não eu. Ele me pediu para vir aqui para curá-lo. Fiquei com pena e vim. Agora ele finge, sem dúvida, que eu disse alguma coisa que ele inventou para confirmar suas suspeitas insanas. Pode mentir o quanto quiser, Holmes. Minha palavra vale tanto quanto a sua.

— Santo Deus! — exclamou Holmes. — Esqueci-me completamente dele. Meu caro Watson, devo-lhe mil desculpas. Como pude me esquecer de sua presença?! Não preciso apresentá-lo ao senhor Culverton Smith, uma vez que vocês se conheceram mais cedo esta noite. O cabriolé está lá embaixo? Sigo para a delegacia depois de me vestir, pois creio que talvez precisem de mim.

— Estava realmente precisando disso — disse Holmes, enquanto tomava um copo de vinho e comia biscoitos nos intervalos de sua toalete. — Mas, como bem sabe, meus hábitos são irregulares e uma façanha como essa não tem o mesmo efeito em mim do que teria na maioria dos homens. Era essencial que eu impressionasse a senhora Hudson com a realidade da minha condição, uma vez que ela deveria chamar você, e você, por sua vez, chamá-lo. Não está chateado, Watson? Você já deve ter percebido que a dissimulação não está entre seus muitos talentos e que, se soubesse do meu segredo, você jamais teria sido capaz de convencer Smith da necessidade urgente de sua presença, que foi um ponto vital para todo o plano. Conhecendo sua natureza vingativa, eu tinha certeza absoluta de que ele viria ver o resultado do seu trabalho.

— Mas a sua aparência, Holmes... o rosto medonho?

— Três dias de jejum absoluto não melhoram a beleza de ninguém. Passei vaselina na testa, beladona nos olhos e ruge na maçã do rosto, além de crostas de cera de abelha nos lábios, e consegui um efeito deveras satisfatório. Já pensei em escrever uma monografia sobre o fingimento. Uma conversa ocasional sobre meias-coroas e ostras e algum outro assunto estranho produz um efeito satisfatório de delírio.

— Mas por que não permitiu que eu me aproximasse de você, já que, na verdade, não havia nenhuma infecção?

– Como pode perguntar isso, meu caro Watson? Você imagina mesmo que não tenho o menor respeito por seus talentos médicos? Acha que eu não sabia que sua perspicácia não permitiria que acreditasse que um homem moribundo, embora fraco, não tivesse febre nem pulsação alterada? A pouco mais de três metros de distância, eu poderia enganá-lo. Se eu não conseguisse, quem seria capaz de trazer Smith até aqui? Não, Watson, eu não tocaria naquela caixa. Dá para perceber, se olhar pela lateral, de onde a mola de ponta afiada surgiria como as presas de uma víbora quando você a abrisse. Atrevo-me a dizer que foi com algum dispositivo semelhante que o pobre Savage, que se colocou entre esse monstro e uma herança, chegou à sua morte. Minha correspondência, no entanto, é, como bem sabe, bastante variada, e eu desconfio de pacotes que cheguem até mim. Ficou claro, porém, que, ao fingir que ele tinha atingido seu intento, eu talvez conseguisse arrancar uma confissão. Representei meu papel com a dedicação de um artista. Muito obrigado, meu caro Watson. Agora, ajude-me com o casaco. Quando terminarmos tudo na delegacia, creio que uma parada nutritiva no Simpson's não seria uma má ideia.

Capítulo 7

• O ÚLTIMO CASO: O SERVIÇO DE
SHERLOCK HOLMES NO ESFORÇO DE GUERRA •

TRADUÇÃO: NATALIE GERHARDT

Eram nove horas da noite do dia 2 de agosto – o agosto mais terrível da história da humanidade. Poder-se-ia imaginar que a maldição divina pairava pesadamente sobre um mundo degenerado, pois havia um silêncio terrível e um sentimento de vaga expectativa no ar abafado e estagnado. O sol já tinha se posto havia muito tempo, mas uma mancha vermelha como uma ferida aberta ainda aparecia no oeste distante. Acima, as estrelas cintilavam e, abaixo, as luzes dos navios brilhavam na baía. Os dois famosos alemães estavam junto à mureta de pedra da alameda do jardim, de costas para a casa extensa e baixa, decorada com pesadas empenas, enquanto olhavam para a ampla faixa de areia da praia aos pés de um penhasco no qual Von Bork pousara como uma águia itinerante quatro anos antes. Estavam com as cabeças próximas, conversando em tom baixo e confidencial. Vistas de baixo, as pontas brilhantes de seus charutos poderiam parecer olhos ardentes de algum demônio maligno a tudo observando na escuridão.

Um notório homem aquele Von Bork – um homem que não era páreo entre os mais dedicados agentes do Kaiser. Foram seus talentos que fizeram dele a pessoa certa para a missão inglesa, a mais importante de todas; mas, desde que assumira essa missão, seus talentos ficavam cada vez mais evidentes para a meia dúzia de pessoas no mundo que realmente sabiam da verdade. Uma dessas era o seu acompanhante no momento, o barão Von Herling, secretário-chefe da missão, cujo poderoso carro Benz com motor de cem cavalos estava bloqueando a pista enquanto esperava para levar seu dono de volta a Londres.

– Pelo decorrer dos eventos, creio que estará de volta a Berlim em uma semana – disse o secretário. – Ao chegar lá, meu caro Von Bork, acho que ficará surpreso com as boas-vindas. Acontece que sei o que pensam sobre seu trabalho nos mais altos escalões deste país.

O secretário era um homem enorme, alto e robusto, e com uma maneira de falar lenta e pesada que fora sua principal vantagem na carreira política.

Von Bork riu.

– Não é muito difícil enganá-los – comentou ele. – Não dá para imaginar um povo mais dócil e simples.

– Não sei bem quanto a isso – disse o outro, pensativo. – Eles têm estranhos limites e é preciso aprender a observá-los. É essa tal simplicidade superficial deles que pode ser uma armadilha para o estrangeiro. Nossa primeira impressão é de que são totalmente dóceis. Então, de repente, nos deparamos com algo muito intenso, e é quando nos damos conta de que atingimos o limite e precisamos nos adaptar aos fatos. Eles têm, por exemplo, suas próprias convenções insulares que simplesmente *precisam* ser observadas.

– Está se referindo à "boa forma" e esse tipo de coisa? – suspirou Von Bork como uma pessoa que sofrera muito.

– Estou me referindo ao preconceito britânico em todas as suas estranhas manifestações. Como exemplo, posso citar uma das minhas piores mancadas... Posso me dar ao luxo de falar das minhas mancadas, pois você conhece bem o meu trabalho para saber dos meus êxitos. Aconteceu logo que cheguei. Fui convidado para uma festa de fim de semana na casa de campo de um ministro. A conversa foi surpreendentemente indiscreta. Von Bork assentiu.

– Já passei por isso – comentou secamente.

– Exato. Bem, eu naturalmente enviei um resumo das informações para Berlim. Infelizmente nosso bom chanceler tem a mão pesada para esses assuntos e transmitiu um comentário que mostrava que ele estava ciente do que havia sido dito. Isso, é claro, foi uma pista que levou diretamente a mim. Você não faz ideia de como isso me prejudicou. Não vi nenhuma gentileza nos meus anfitriões naquela ocasião, posso lhe assegurar. Passei dois anos para superar isso. Agora você, com essa pose esportiva...

– Não, não, nada disso. Não tem nada de pose. Pose é algo artificial. Isso é muito natural para mim. Sou um esportista. Gosto disso.

– Ora, mas isso torna tudo ainda mais eficaz. Você participa de competições de iate com eles, caça com eles, joga polo, compete de igual para igual com eles em todos os jogos. Sua carruagem de quatro cavalos ganha o prêmio no Olympia. Ouvi dizer que você luta boxe com funcionários jovens. E qual é o resultado? Ninguém o leva a sério. Você é o "bom e velho esportista", "um camarada legal para um alemão", um beberrão, boêmio, festeiro, um camarada despreocupado. E o tempo todo essa sua tranquila casa de campo é o centro de metade de todos os prejuízos da Inglaterra, e o esportista é o agente secreto mais astuto da Europa. É genial, meu caro Von Bork... Genial!

– Exagera um pouco, barão. Mas certamente eu posso dizer que meus quatro anos neste país não foram nada improdutivos. Nunca lhe mostrei meu pequeno depósito. Vamos entrar por um momento?

A porta do escritório se abria direto para o terraço. Von Bork a empurrou e seguiu na frente. Pressionou o interruptor de luz. Fechou a porta atrás do homem forte que o seguia e baixou cuidadosamente as pesadas cortinas sobre a janela treliçada. Só após tomar todas essas precauções e conferi-las foi que virou seu rosto aquilino e bronzeado para seu convidado.

– Alguns dos meus documentos já não estão aqui – disse ele. – Quando minha mulher e os criados partiram ontem para Flushing, levaram os menos importantes. Devo, é claro, pedir à embaixada proteção para os outros.

– Seu nome já está na lista de membros da comitiva. Não enfrentará nenhuma dificuldade com sua bagagem. É claro que existe a possibilidade de não precisarmos ir. A Inglaterra talvez deixe a França entregue à própria sorte. Temos certeza de que não existe nenhum tratado entre eles.

– E a Bélgica?

– Sim, e a Bélgica também.

Von Bork meneou a cabeça.

– Não vejo como isso possa acontecer. Existe com certeza algum tipo de tratado ali. A Inglaterra jamais se recuperaria de tal humilhação.

– Pelo menos teria um pouco de paz.

– Mas e quanto à sua honra?

– Não, meu caro senhor, vivemos uma época pragmática. A honra é um conceito medieval. Além disso, a Inglaterra não está pronta. É uma coisa inconcebível, nem mesmo nosso imposto especial de guerra de cinquenta milhões, que deixa bem claro para todo mundo o nosso propósito como se o tivéssemos publicado na primeira página do *Times*, despertou essas pessoas da sonolência. Ali e acolá, ouvimos uma ou outra pergunta. É meu dever encontrar a resposta. Ali e acolá vemos um pouco de irritação. É meu dever acalmar os ânimos. Mas posso lhe assegurar que as questões básicas, por exemplo, o armazenamento de munição, a preparação para um ataque submarino, a organização para a produção de explosivos de alta capacidade... Nada disso está preparado. Como pode, então, a Inglaterra intervir, principalmente quando fomentamos o infernal levante na Irlanda, quebra-quebras e sabe-se lá mais o quê para manter seu olhar no próprio país.

– A Inglaterra deve pensar no seu futuro.

— Ah, existe uma outra questão. Imagino que, no futuro, teremos os nossos próprios planos definidos sobre a Inglaterra e que suas informações serão vitais para nós. É hoje ou amanhã que derrubaremos o senhor John Bull[2]. Se ele preferir hoje, estamos prontos. Se for amanhã, estaremos mais prontos ainda. Imagino que prefiram lutar ao lado de aliados em vez de sozinhos, mas isso é assunto deles. Esta semana é a semana do destino. Mas você estava me falando sobre alguns documentos.

Ele se sentou na poltrona, a luz iluminando a vasta careca, enquanto soprava a fumaça do seu charuto.

No amplo aposento, decorado com painéis de carvalho e repleto de estantes de livros, havia uma cortina no canto oposto. Ao ser aberta, revelou um grande cofre com ornamentos de bronze. Von Bork tirou uma chavinha da corrente do relógio de bolso e, depois de considerável manipulação das travas, abriu a pesada porta.

— Veja! — disse ele, saindo da frente do cofre e fazendo um aceno com a mão.

A luz iluminou a parte interna no cofre e o secretário da embaixada olhou com muito interesse as fileiras de escaninhos lá dentro. Cada qual tinha uma etiqueta e seus olhos passaram por todos, lendo uma série de títulos como "Fords", "Defesas do porto", "Aviões", "Irlanda", "Egito", "Fortes de Portsmouth", "Canal", "Rosythe" e muitos outros. Cada compartimento estava repleto de documentos e planos.

— Incrível! — exclamou o secretário, pousando o charuto e batendo palmas com as mãos gordas.

— E tudo isso em quatro anos, barão. Nada mau para um beberrão que mora em uma casa de campo. Mas a cereja do bolo da minha coleção ainda está por vir e eu já arrumei tudo para ela. — Ele apontou para um espaço em que se lia "Códigos Navais".

---

[2] Senhor John Bull é um personagem criado pelo doutor John Arbuthnot em 1712. Passou a ser usado como símbolo do Reino Unido de forma semelhante à imagem do Tio Sam nos Estados Unidos. (N.T.)

– Mas parece que já tem um bom dossiê sobre o assunto.
– Desatualizado e pronto para jogar fora. O almirantado descobriu isso, de alguma forma, e mudou todos os códigos. Foi um golpe, barão... o pior retrocesso de toda a minha missão. Mas, graças ao meu talão de cheques e ao bom Altamont, tudo se resolverá esta noite.

O barão consultou seu relógio e soltou uma exclamação de decepção.

– Bem, não posso mais ficar. Como pode imaginar, as coisas estão acontecendo agora no Carlton Terrace e todos precisamos estar em nossos postos. Eu esperava poder levar notícias sobre o nosso grande golpe. Altamont marcou uma hora?

Von Bork pegou um telegrama.

Irei sem falta esta noite e trarei novas velas de ignição.
ALTAMONT

– Velas de ignição, hein?
– Como vê, ele banca o perito em motores e eu tenho uma garagem cheia de carros. No nosso código, tudo que pode aparecer recebe o nome de alguma peça. Se ele fala sobre um radiador, está se referindo a um navio de guerra; um cano de óleo, é um barco a motor; e assim por diante. Velas de ignição correspondem a códigos navais.

– Enviado de Portsmouth ao meio-dia – comentou o secretário examinando o cabeçalho. – Aliás, quanto você paga a ele?

– Paguei quinhentas libras por este trabalho específico. É claro que ele também recebe um salário.

– Um sujeito ganancioso. Eles são muito úteis, esses traidores, mas tenho ressentimentos desse dinheiro sujo que lhes pagamos.

– Eu não tenho nenhum ressentimento de Altamont. Ele é um trabalhador excelente. Eu o pago bem e ele me entrega a mercadoria, repetindo as palavras dele. Além disso, ele não é um traidor. Eu lhe asseguro que os sentimentos do nosso mais nobre pangermânico em relação à Inglaterra não é nada em comparação com o amargor desse americano-irlandês.

— Ah, um americano-irlandês?

— Se ouvir o sotaque do camarada não terá dúvida. Mal consigo compreendê-lo às vezes. Parece ter declarado guerra ao inglês do rei e ao rei dos ingleses. Você realmente precisa ir? Ele vai chegar a qualquer momento.

— Não. Sinto muito, mas já fiquei mais do que podia. Nós o esperamos amanhã de manhã. Quando tiver conseguido passar o livro com os códigos pela portinhola, nos degraus do Duque de York, você poderá colocar um triunfante ponto final na sua carreira na Inglaterra. O quê? Tokay? — Ele apontou para uma garrafa lacrada do famoso vinho húngaro que estava em uma bandeja com dois copos.

— Posso lhe oferecer uma dose antes da viagem?

— Não, obrigado. Mas parece uma celebração.

— Altamont tem bom gosto para vinhos e aprecia o meu Tokay. É um camarada sensível e necessita de alguns pequenos agrados. Tive de estudá-lo, eu lhe asseguro.

Seguiram para o terraço novamente e o cruzaram até o fim, onde o chofer do barão o aguardava com o grande carro.

— Aquelas são as luzes de Harwich, suponho — comentou o secretário, vestindo o casaco. — Como tudo aqui parece pacífico. Talvez haja outras luzes daqui a uma semana e a costa inglesa perca um pouco da sua tranquilidade! Os céus também não serão mais tão tranquilos se a promessa do bom Zeppelin se cumprir. Aliás, quem é aquela mulher?

Apenas uma janela brilhava atrás deles. Lá havia um abajur e, ao seu lado, sentada a uma mesa, uma velhinha de rosto rosado usando uma touca. Estava curvada, tricotando, e parava ocasionalmente para acariciar um grande gato preto sobre um banco ao seu lado.

— Aquela é Martha, a única criada que ficou.

O secretário riu.

— Poderia muito bem ser a personificação da própria Inglaterra, com seu ar de completa concentração em si mesma e confortável sonolência — comentou ele. — Bem, *au revoir*, Von Bork!

Com um aceno final, entrou no carro e, um instante depois, os dois cones dos faróis cortaram a escuridão. O secretário se recostou nas almofadas macias da luxuosa limusine, tão mergulhado em seus pensamentos sobre a iminente tragédia europeia que nem notou que o seu carro contornou uma rua da vila e quase bateu em um pequeno Ford que vinha na direção oposta.

Von Bork voltou lentamente para seu escritório quando o último brilho das lanternas do carro desapareceu ao longe. No caminho, percebeu que a velha criada tinha apagado a luz e se recolhido. Para ele, era uma nova experiência, o silêncio e a escuridão naquela casa ampla, pois sua família e a criadagem eram grandes. Era, porém, um alívio também pensar que estavam todos em segurança e que, a não ser por aquela velha que ficava na cozinha, ele tinha a casa toda só para si. Havia muito que arrumar no seu escritório e ele se lançou à tarefa, sentindo o rosto vivo e bonito ficar afogueado pelo calor dos documentos que queimavam. Uma pasta de couro estava ao lado da mesa e ele começou a guardar de forma organizada e sistemática o precioso conteúdo do cofre. Mal tinha começado a trabalhar, porém, quando seus ouvidos aguçados detectaram o som de um carro distante. Ele logo soltou uma exclamação de satisfação, afivelou a valise, fechou e trancou o cofre e saiu rapidamente para o terraço. Chegou bem a tempo de ver os faróis de um carro pequeno que parava no portão. Um passageiro saiu e avançou devagar até ele, enquanto o chofer, um idoso forte de bigode grisalho, acomodou-se melhor, como alguém resignado a uma longa espera.

– Então? – perguntou Von Bork, ansioso, correndo para se encontrar com o visitante.

Como resposta, o homem ergueu, em um aceno triunfante, um pequeno pacote embrulhado em papel pardo.

– Pode me felicitar esta noite, senhor – disse ele. – Tenho boas notícias.

– Os códigos?

– Exatamente como eu disse no telegrama. Todos eles, semáforo, refletores de sinais, Marconi... Uma cópia, veja bem, não o original. Era perigoso demais. Mas a mercadoria é das boas, pode crer. – Ele deu um tapa nas costas do alemão com uma familiaridade bruta que fez o outro contrair o rosto.

– Vamos entrar – disse ele. – Estou sozinho em casa e só estava esperando por isso. É claro que uma cópia é melhor do que o original. Se dessem falta do original, eles mudariam tudo de novo. Acredita que é seguro trazer a cópia?

O americano-irlandês tinha entrado no escritório e estava alongando as pernas na poltrona. Era um homem alto e magro, de uns sessenta anos, com traços definidos e um cavanhaque que o deixava parecido com os desenhos do Tio Sam. Um charuto meio fumado e molhado pendia do canto de sua boca, enquanto ele se sentava e riscava o fósforo para acendê-lo novamente.

– Está arrumando tudo para dar no pé? – comentou ele olhando em volta. – Não me diga, senhor, que guarda seus documentos ali dentro – acrescentou, pousando o olhar no cofre exposto pela cortina aberta.

– Por que não?

– Santo Deus, em uma geringonça dessas! E eles o consideram o melhor espião? Um bandido americano conseguiria abrir esse cofre com um abridor de latas. Se eu soubesse que uma carta minha seria guardada de forma tão insegura como essa, eu não a teria escrito.

– Pois nenhum bandido conseguiria arrombar este cofre – respondeu Von Bork. – Não é possível cortar esse metal com nenhum tipo de ferramenta.

– Mas e a tranca?

– Não, é uma tranca de combinação dupla. Você sabe o que é isso?

– Pois me diga – respondeu o americano.

— Bem, você precisa de uma palavra e de uma combinação numérica antes de conseguir destravar o cofre. — Ele se levantou e mostrou o disco giratório. — O mais externo é para as letras e o interno, para números.

— Ora, ora, muito bem.

— Ah, então não é tão simples quanto achou. Mandei fabricá-lo há quatro anos. Que palavra e quais números acha que eu escolhi?

— Não faço ideia.

— Bem, eu escolhi "agosto" para a palavra e 1914 para os números. E aqui estamos nós.

O americano demonstrou surpresa e admiração.

— Minha nossa. Como foi inteligente! O senhor planejou tudo direitinho.

— Sim. Alguns de nós poderíamos até ter adivinhado a data. Aqui está ela, e eu encerro tudo amanhã de manhã.

— Bem, acho que também vai ter que me pagar. Pois não vou ficar neste maldito país sozinho. Em uma semana mais ou menos, John Bull vai se colocar nas patas traseiras, em posição de ataque. Prefiro assistir a isso lá do outro lado do mar.

— Mas você é um cidadão americano?

— Jack James também é cidadão americano, mas está atrás das grades em Portland mesmo assim. Não adianta nada dizer para a polícia que você é americano. "A lei da Inglaterra é o que conta aqui", é o respondem eles na nossa cara. Aliás, falando em Jack James, parece que o senhor não se esforça muito para proteger seus homens.

— O que quer dizer com isso? — perguntou Von Bork com rudeza.

— Bem, o senhor é o patrão deles, não é? Então cabe ao senhor cuidar para que eles não sejam pegos. Acontece que eles são pegos, e quando o senhor fez alguma coisa para ajudá-los? No caso do James...

— Foi tudo culpa dele. Você sabe muito bem disso. James foi teimoso demais.

– Isso lá é verdade. James é teimoso como uma mula. Mas teve o Hollis também.

– O homem era louco.

– Bem, no final ele perdeu a cabeça mesmo. Mas é difícil para um cara ter de representar um papel de manhã à noite com centenas de caras prontos para mandar a polícia atrás dele. Mas agora tem o Steiner...

Von Bork se sobressaltou, e o rosto corado empalideceu.

– O que tem o Steiner?

– Bem, eles o pegaram. Isso é tudo. Invadiram a loja dele ontem, e ele e todos os seus documentos estão na prisão de Portsmouth. O senhor sai livre e ele, pobre diabo, vai ter que pagar o pato e terá sorte se sair dessa com vida. É por isso que eu quero me mandar para o continente assim que o senhor o fizer.

Von Bork era um homem forte e controlado, mas era fácil perceber que estava abalado com a notícia.

– Como conseguiram pegar o Steiner? – murmurou ele. – Esse foi o pior golpe.

– Bem, o senhor quase teve um pior, pois acredito que estejam atrás de mim também.

– Não pode ser!

– Tenho certeza. Minha senhoria lá em Fratton foi interrogada e, quando ouvi isso, percebi que era hora de dar no pé. Mas o que quero saber, senhor, é como a polícia sabia de tudo? Steiner é o quinto homem que o senhor perdeu desde que nos associamos, e eu sei o nome do sexto se eu não me mandar rapidinho. Como me explica uma coisa dessas? Não tem vergonha de ver a queda dos seus homens dessa forma?

Von Bork ficou vermelho.

– Como se atreve a falar assim comigo?

– Se eu não me atravesse a fazer as coisas, senhor, eu não estaria a seu serviço. Mas eu falo o que penso. Ouvi dizer que, quando o trabalho de um agente é concluído, vocês, políticos alemães, não se importam nem um pouco de se livrar dele.

Von Bork se levantou.

– Você se atreve a sugerir que eu denunciei meus próprios agentes?

– Não sei de nada disso, senhor, mas tem alguma coisa muito errada aí e é o senhor que deve descobrir. Não vou mais arriscar a minha pele. Parto para a pequena Holanda o quanto antes.

Von Bork controlou a raiva.

– Somos aliados há muito tempo para brigar agora que estamos perto da vitória – disse ele. – Você fez um excelente trabalho e correu muitos riscos. Não vou me esquecer disso. Vá mesmo para Holanda e, de lá, pegue um navio de Roterdã para Nova York. Essa será a rota mais segura a partir de agora. Vou ficar com esse livro, que guardarei junto com o resto.

O americano segurou o pacote nas mãos, mas não fez nenhum gesto para entregá-lo.

– E a grana? – perguntou.

– O quê?

– O dinheiro. A recompensa. As quinhentas libras. O atirador tentou dar para trás no último minuto e eu tive de pagar mais cem dólares, ou a coisa ia ficar feia para o seu lado e para o meu. "Não vai dar!", ele disse, e estava falando sério; mas cem dólares resolveram tudo. Gastei duzentas libras do início ao fim, então não conte que eu vá sair daqui de mãos abanando, sem a minha grana.

Von Bork sorriu com um pouco de amargura.

– Parece não ter minha honra em alta conta – disse ele. – Você quer o dinheiro antes de me entregar o livro.

– São negócios.

– Tudo bem. Façamos do seu jeito. – Ele se sentou e preencheu o cheque e o destacou do talão, mas não o entregou para o visitante. – Afinal, já que estamos em tais termos, senhor Altamont, não vejo por que devo confiar mais em você do que você confia em mim. Entende o que quero dizer? – perguntou ele, olhando por sobre o ombro para o americano. – O cheque está em cima da mesa. E eu quero examinar a mercadoria antes que você pegue o pagamento.

O americano entregou o livro sem dizer nada. Von Bork abriu o embrulho duplo. Então, sentou-se olhando por um momento, em silêncio estupefato, para o livrinho azul diante dele. Na capa estava escrito com letras douradas: *Guia prático de criação de abelhas*. Apenas por um instante o espião olhou para aquele título estranhamente irrelevante. No instante seguinte, foi agarrado pela nuca por mãos de aço, enquanto uma esponja embebida em clorofórmio era colocada sobre seu rosto contorcido.

– Outra taça, Watson! – disse o senhor Sherlock Holmes, enquanto estendia a garrafa de Imperial Tokay.

O chofer atarracado se sentou à mesa e empurrou a taça para a frente.

– É um bom vinho, Holmes.

– Um vinho notável, Watson. Nosso amigo no sofá assegurou-me que é da adega especial de Franz Josef, do Palácio de Schoenbrunn. Você se importaria de abrir a janela para que os vapores do clorofórmio não atrapalhem a degustação?

O cofre estava aberto, de pé diante dele, e Holmes retirava todos os dossiês, examinando rapidamente cada um deles e os colocando na valise de Von Bork. O alemão estava roncando no sofá, com os braços e pernas amarrados.

– Não precisamos nos apressar, Watson. Não seremos interrompidos. Você se importa de tocar a campainha? Não há mais ninguém em casa, a não ser a velha Martha, que desempenhou seu papel de forma admirável. Consegui um emprego para ela aqui assim que comecei. Ah, Martha! Vai ficar muito feliz ao ouvir as novidades.

A agradável senhora apareceu na porta. Fez uma mesura com um sorriso para Holmes e um olhar apreensivo para o homem no sofá.

– Ele está bem, Martha. Não foi ferido.

– Fico feliz de ouvir isso, senhor Holmes. Ele foi um patrão bondoso. Queria que eu fosse com a mulher dele para a Alemanha ontem, mas isso não seria nada bom para seus planos, não é?

– Não, mesmo, Martha. Enquanto você estava aqui, eu tinha minha mente tranquila. Esperamos por um tempo pelo seu sinal esta noite.

– Foi o secretário, senhor.

– Eu sei. Passamos pelo carro dele na estrada.

– Achei que ele nunca iria embora. Eu sabia que encontrá-lo aqui não seria bom para os seus planos, senhor.

– Realmente, não seria nada bom. Bem, esperamos apenas por mais meia hora até você apagar o abajur para indicar que podíamos vir. Você pode me procurar amanhã em Londres, Martha, no Claridge's Hotel.

– Está certo, senhor.

– Suponho que esteja com tudo pronto para partir.

– Sim, senhor. Ele enviou sete cartas hoje. Tenho todos os endereços como sempre.

– Muito bom, Martha. Vamos ver isso amanhã. Boa noite. Esses documentos – continuou ele quando a velha senhora desapareceu – não têm muita importância, pois as informações contidas neles já foram transmitidas para o governo alemão há muito tempo. Esses são os originais que não poderiam ser enviados em segurança para fora do país.

– Então, são inúteis?

– Eu não iria tão longe assim, Watson. Eles pelo menos vão mostrar para nosso povo o que é conhecido e o que não é. Posso dizer que muitos desses documentos foram obtidos por meu intermédio, e eu preciso dizer que as informações não são fidedignas. Alegraria muito meus últimos anos ver um navio de guerra alemão navegando pelo Estreito de Solent de acordo com um mapa dos campos de minas que eu forneci. Mas você, Watson... – Ele parou e olhou para seu velho amigo ao seu lado. – Ainda não o vi direito. Como os anos têm tratado você? Parece o mesmo rapaz alegre de sempre.

– Sinto-me vinte anos mais jovem, Holmes. Raramente me senti tão feliz como quando recebi seu telegrama pedindo que eu o encontrasse em Harwich com o carro. E você, Holmes... mudou tão pouco... a não ser por esse horrível cavanhaque.

– Esses são os sacrifícios que temos de fazer pelo país, Watson – respondeu Holmes, puxando os pelos da barbicha. – Amanhã isto será apenas uma horrível lembrança. Com meu cabelo cortado e algumas outras mudanças superficiais, eu sem dúvida aparecerei no Clarige's amanhã como eu era antes de bancar esse americano. Peço desculpas pelo linguajar, Watson, acho que meu inglês foi maculado para sempre depois disso.

– Mas você está aposentado, Holmes. Ouvimos notícias de que vivia como um ermitão entre as abelhas e os livros em uma pequena fazenda nos South Downs.

– Exatamente, Watson. Aqui está o fruto da minha tranquilidade, a *magnum opus* dos meus últimos anos! – Ele pegou o livro da mesa e leu o título completo: – *Guia prático de cultura de abelhas com algumas observações sobre a segregação da rainha*. Eu mesmo o escrevi. Veja os frutos de noites pensativas e dias de trabalho, enquanto eu observava as pequenas gangues trabalhando, exatamente como antes eu observava o mundo criminal de Londres.

– Mas como foi que voltou à ativa?

– Ah, eu mesmo me surpreendo com isso. Ao ministro das Relações Exteriores sozinho, eu poderia ter resistido, mas quando o primeiro--ministro apareceu para visitar meu humilde lar... O fato, Watson, é que este cavalheiro no sofá era bom demais para nosso pessoal. Ele tem uma classe própria. As coisas estavam saindo errado e ninguém entendia por quê. Agentes eram alvos de suspeita ou até mesmo capturados, mas havia sinais de que alguma força central secreta estava agindo. Era necessário descobrir tudo. Levei dois anos para isso, Watson, mas esse tempo não foi desprovido de emoção. Pois lhe digo que comecei minha peregrinação por Chicago, entrei em uma sociedade secreta irlandesa em Buffalo e causei sérios problemas com a polícia de Skibbareen até, finalmente, chamar a atenção de um agente subordinado de Von Bork, que me recomendou como possível agente. Você verá que era um plano complexo. Desde então, honrei a confiança dele, o que não evitou que a maioria dos seus planos começasse a dar errado de forma sutil e que cinco dos seus melhores agentes fossem presos. Eu os observava, Watson, e os pegava quando estavam maduros. Bem, senhor, espero que não esteja mal!

O último comentário foi dirigido ao próprio Von Bork, que, depois de ofegar e piscar, ficara ouvindo o relato de Holmes. Ele então soltou um fluxo de palavras raivosas em alemão, com o rosto contorcido de raiva. Holmes continuou a investigação dos documentos, enquanto o prisioneiro xingava e reclamava.

– Embora nada musical, o alemão é um dos idiomas mais expressivos – observou Holmes depois que Von Bork parou por pura exaustão. – Ora, ora! – exclamou ele olhando para um documento. – Isso vai colocar outro passarinho na gaiola. Não imaginava que o tesoureiro fosse tão patife assim, embora estivesse de olho nele. Senhor Von Bork, o senhor tem muita coisa a responder.

O prisioneiro se levantou com dificuldades do sofá e ficou olhando para seu captor com um misto de incredulidade e raiva.

– Hei de me vigar de você, Altamont – disse ele de forma lenta e deliberada. – Mesmo que eu leve a vida inteira para isso, hei de me vingar.

– Ah, a velha e doce canção – disse Holmes. – Quantas vezes eu a ouvi outrora. Era uma das frases favoritas do falecido professor Moriarty. O coronel Sebastian Moran também a disse. Ainda assim, eu moro e crio abelhas nos South Downs.

– Maldito seja você, seu agente duplo – exclamou o alemão, tentando se soltar das amarras com um brilho assassino nos olhos.

– Não, não, não é tão ruim assim – disse Holmes. – Como deve ter me ouvido falar, o senhor Altamont, de Chicago, não existe na verdade. Eu o usei e ele se foi.

– Então, quem é você?

– Realmente não importa quem eu sou, mas, já que parece querer saber, senhor Von Bork, posso lhe dizer que este não é o primeiro contato que tenho com membros da sua família. Fiz alguns negócios na Alemanha no passado e o meu nome talvez lhe seja familiar.

– Pois eu bem gostaria de saber – declarou o prussiano com raiva.

– Fui eu que provoquei a separação entre Irene Adler e o último rei da Boêmia quando o seu primo Heinrich era o enviado imperial. E fui eu que impedi que o niilista Klopman assassinasse o conde Von und Zu Grafenstein, irmão mais velho da sua mãe. E fui eu...

Von Bork se empertigou, impressionado.

– Só há um homem – gritou ele.

– Exatamente.

Von Bork gemeu e se recostou no sofá.

– E a maior parte daquelas informações veio por você – exclamou ele.

– Valeu a pena? O que foi que eu fiz? Isso será minha ruína para sempre.

– Elas certamente são um tanto indignas de confiança – disse Holmes. – Vão requerer alguma verificação e o senhor tem pouco tempo para isso. Seu almirante talvez descubra que as novas armas são maiores do que ele espera e os navios talvez sejam um pouco mais rápidos.

Von Bork contraiu a garganta de desespero.

– Existem muitos outros detalhes que, sem dúvida, virão à tona na hora certa – continuou Holmes. – Mas o senhor tem uma qualidade que é muito rara nos alemães, senhor Von Bork: é um esportista e não vai me desejar mal quando perceber que o senhor, que foi tão mais esperto do que tanta gente, encontrou alguém mais esperto do que o senhor. Afinal de contas, o senhor fez o seu melhor pelo seu país e eu fiz o meu melhor pelo meu. E o que poderia ser mais natural? Além disso – acrescentou ele de forma gentil, enquanto colocava a mão no ombro do homem prostrado –, é melhor do que perder para algum inimigo inferior. Estes documentos estão prontos, Watson. Se me ajudar com o prisioneiro, acho que podemos seguir para Londres imediatamente.

Não foi fácil levar Von Bork, pois era um homem forte e desesperado. Por fim, cada um segurando um dos braços do alemão, os dois amigos o levaram lentamente pelo jardim que ele atravessara de forma tão confiante e orgulhosa quando recebeu os elogios do famoso diplomata horas antes. Depois de uma breve e curta resistência final, ele foi colocado no carro, com os punhos e pés ainda amarrados. Sua preciosa valise foi enfiada à força ao seu lado.

– Creio que esteja confortável na medida do possível – declarou Holmes quando se acomodaram. – Posso tomar a liberdade de acender um charuto e colocá-lo na sua boca?

Mas todas as delicadezas eram vãs para o raivoso alemão.

– Suponho que saiba, senhor Sherlock Holmes – disse ele – que, se o seu governo o apoiar neste tratamento, isso se tornará um ato de guerra.

– E quanto ao seu governo e todo este tratamento? – perguntou Holmes, dando tapinhas na valise.

– O senhor é um civil. Não tem autoridade para me prender. Todo esse procedimento é absolutamente ilegal e escandaloso.

– Realmente.

– Sequestrar um súdito alemão.

– E roubar seus documentos particulares.

– Bem, o senhor percebe sua posição aqui e a do seu cúmplice. Se eu gritar por socorro quando passarmos pela vila...

– Meu caro senhor, fazer algo tão tolo assim só há de servir para aumentar a limitada lista de nomes de pensões da nossa região, dando-nos o título. "O Prussiano Pendurado" em um letreiro. Os ingleses são pacientes, mas, no momento, os ânimos estão um pouco inflamados e não seria nada bom ultrapassar os limites. Não, senhor Von Bork, o senhor vai nos acompanhar em silêncio e de forma sensata até a Scotland Yard, onde poderá chamar seu amigo, o barão Von Herling, e avisar que talvez não vá ocupar aquele lugar que ele lhe reservou na comitiva da embaixada. Quanto a você, Watson, se vai se juntar a nós com seu antigo serviço, como eu entendo, então Londres não fica fora do seu caminho. Fique um pouco comigo aqui no terraço, pois talvez essa seja a última conversa tranquila que teremos.

    Os dois amigos conversaram por alguns minutos, relembrando novamente os velhos tempos, enquanto o prisioneiro tentava, em vão, se soltar das amarras que o prendiam. Quando entraram no carro, Holmes apontou para o mar iluminado pela lua e meneou a cabeça, pensativo.

    – O vento do leste está chegando, Watson.

    – Acho que não, Holmes. O tempo está bem quente.

    – Meu bom e velho Watson! Você é um ponto de constância em uma época de mudanças. Sim, o vento do leste está chegando assim mesmo. Esse vento nunca varreu a Inglaterra antes e será frio e amargo, Watson, e muitos bons homens serão derrubados com tal rajada. Mas esse vento é a vontade de Deus e, quando a tempestade passar, uma terra melhor e mais forte há de brilhar sob o sol. Ligue o motor, Watson, pois é hora de seguirmos nosso caminho. Tenho um cheque de quinhentas libras para descontar bem cedo, pois o sacado é bem capaz de sustar o pagamento se puder.